沈尹默扇面册頁集萃

微距下的沈尹默系列之十九

楊曉青　張一鳴　編

浙江人民美術出版社

圖書在版編目（CIP）數據

微距下的沈尹默. 系列之十九, 沈尹默扇面册頁集萃/
楊曉青, 張一鳴編. -- 杭州 : 浙江人民美術出版社,
2023.6
ISBN 978-7-5340-7257-4

Ⅰ. ①微… Ⅱ. ①楊… ②張… Ⅲ. ①行書－法書－
作品集－中國－現代 Ⅳ. ①J292.28

中國國家版本館CIP數據核字(2023)第104222號

責任編輯：王霄霄
責任校对：黄　静
責任印製：陳柏榮

統　　籌：胡　楊　黄遂之
　　　　　黄　漪　王寶珠

微距下的沈尹默系列之十九
——沈尹默扇面册頁集萃

楊曉青　張一鳴　編

出版發行　浙江人民美術出版社
地　　址　杭州市體育場路347號
經　　銷　全國各地新華書店
製　　版　杭州真凱文化藝術有限公司
印　　刷　浙江海虹彩色印務有限公司
開　　本　889mm × 1194mm　1/12
印　　張　5.333
字　　數　90千字
版　　次　2023年6月第1版
印　　次　2023年6月第1次印刷
書　　號　ISBN 978-7-5340-7257-4
定　　價　68.00元

前言

沈尹默（一八八三—一九七一），原籍浙江吴興，生于陝西漢陰，是我國著名的學者、詩人，更是一位載入中國現代史的劃時代的書法宗師。他歷任北京大學教授、《新青年》編委、北平大學校長、中央文史研究館副館長等職，他參與創建了上海市中國書法篆刻研究會并任主任委員，爲推動我國的書法事業作出了巨大貢獻。

筆法是書法的核心，元代趙子昂所言『用筆千古不易』，是指用筆的法則，是對筆法重要性的高度强調。沈尹默所起的作用與趙子昂類似，他在清末民初『碑學』大潮洶涌之時，身體力行地繼承和倡導傳統『二王』書法，使當時將要湮没的『帖學』重新崛起，成爲現代帖學的開山盟主。法度美是中國傳統書法最重要的審美價值，歷代書法名迹無一不法度森嚴而又各具面貌，可見筆法不是僵死的東西。沈尹默在他的書論中反復强調筆法是書法的根本大法，他抓住了書法這一要害問題，不但在理論上得到完滿的解釋，而且在實踐上也取得了巨大的成就。

怎麽才能掌握筆法？細看歷代法書名家墨迹至關重要。沈尹默也是在二十世紀三十年代隨着故宫開放得以觀摩晋唐宋法書名作，這使其『得到啓示，受益匪淺』，其書法才『突飛猛進』的。衹有真迹才能體現出用筆『纖微向背，毫髮死生』的奥妙。鑒于科技的飛速發展，以前字帖中看不清楚的細節現在可以通過數碼微距攝影呈現出來，甚至包括書寫者自己都没有留意的東西，在微距下可以一覽無餘。『微距下的沈尹默』系列精選代表沈尹默書法最高水準的墨迹，采用真迹微距拍攝并精印的方法，使書法研究者不僅可以體會到原帖的風神，而且可以領會到筆毫往來的動勢、中鋒提按運筆引起的墨色細微變化等。所選作品不但風格多樣，而且以沈尹默最擅長的小字精品爲主，基本上采用通篇原大與局部放大相結合的方法，相信該系列的出版對廣大書法愛好者探求前賢筆法有事半功倍之效。

本册由沈尹默對題、汪東繪畫的十開册頁《雪泥鴻爪册》及一系列扇面組成。《雪泥鴻爪册》作于一九四一年。上款人『公武』即許崇灝（一八八二—一九五九），字晴江，號公武，廣東番禺人。抗戰時期隨國民政府遷往重慶，擔任考試院秘書長，公餘雅好詩詞，著有《大隱廬詩草》。該册頁汪東繪松下觀瀑、石罅生菊、桐陰賞秋、鐵骨暗香、珠櫻玉笋、幽谷蘭香、風雨歸舟、歌

雪泥鴻爪册（縱二五厘米　橫三一厘米　十開選二）

沈尹默、溥儒書畫成扇（縱一八·五厘米　橫五二厘米）

沈尹默、吴湖帆書畫成扇之一（縱一五厘米　橫五〇厘米）

沈尹默、吴湖帆書畫成扇之二（縱一八厘米　橫五一厘米）

沈尹默書畫成扇之一（縱一八厘米　橫四八厘米）

樂山色、水仙、望雲，各開筆致秀雅，氣格高標，在汪氏傳世作品中罕見其匹；沈尹默復以自作詞對題，詞意、畫意珠聯璧合。沈氏小字介于行、楷之間，筆筆有來歷，點畫秀中含遒，是沈尹默的精心之作。此册封面戴季陶題『雪泥鴻爪』四字，扉頁彭醇士題『吳興書法吳門畫，當世難得號無價。偶然吉羽落人間，貴重豈在球琳下。爲君高興寫短幅，神妙往往驚凡目。慎弗視人垂子孫，後五百年知吾言』。沈尹默與汪東二人相交甚篤，抗戰期間，沈士遠任職于考試院，沈尹默隨兄寄寓歌樂山靜石灣考試院之鑒齋，後又邀請汪東前來同住。汪氏在《寄庵隨筆》中提及

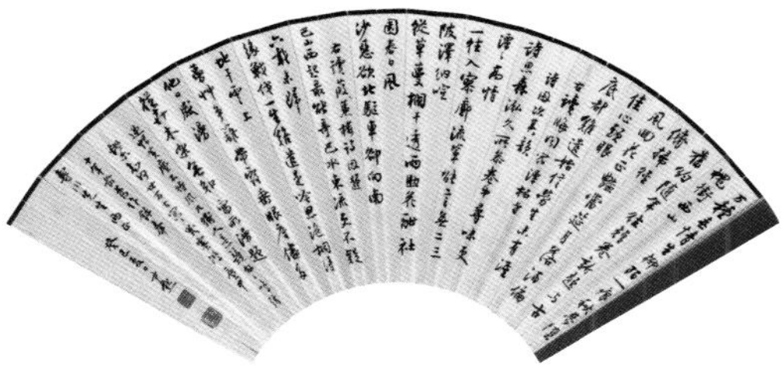

沈尹默書畫成扇之二（縱一八・五厘米　橫四七厘米）

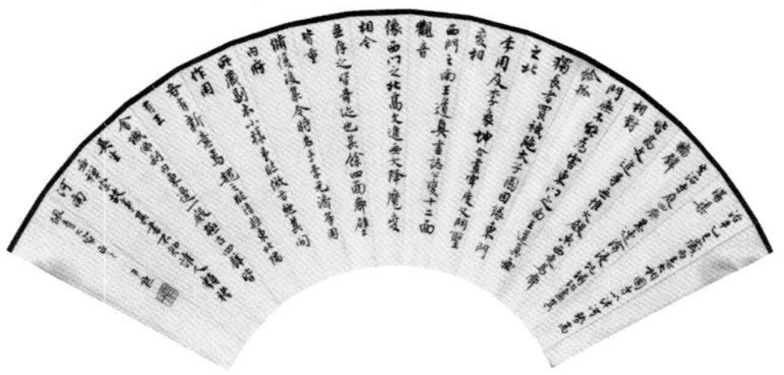

沈尹默書畫合扇　（縱一四厘米　橫四二厘米）

沈尹默書法成扇之一（縱一八厘米　橫四六厘米）

沈尹默書法成扇之二（縱一八・五厘米　橫五〇厘米）

沈尹默書法成扇之三（縱一九厘米　橫四八厘米）

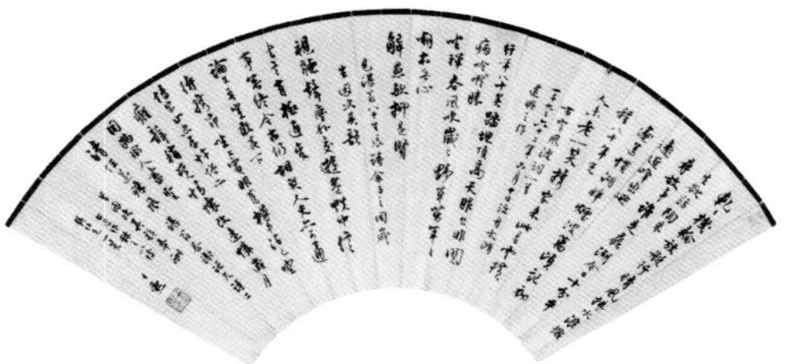

沈尹默書法扇面之一（縱一九厘米　橫四八厘米）

沈尹默書法扇面之二（縱一八・七厘米　橫五二厘米）

沈尹默、謝稚柳書畫合扇（縱一四厘米　橫四三厘米）

注：以上扇面未含繪畫部分。

的『于是求尹默書及余畫者日衆，縑素堆案，如掃落葉。吾二人亦假以遣懷，有時寇機在空，操翰自若……夕則篝燈論藝，詩歌而外，兼及倚聲……』，正是此册的時空背景，二人交誼與文人情懷亦可見一斑。

中國扇文化有着深厚的文化底蘊，是民族文化的組成部分，雖然在扇面上創作難度較高，但歷代書畫家都喜歡在扇面上繪畫或書寫以抒情達意，沈尹默也不例外。他創作了大量的扇面書畫，留下了許多經典之作。本册精選沈尹默創作的及與吴湖帆、溥儒、謝稚柳等書畫大家合作的十多件扇面以饗讀者。

雪泥鴻爪冊

（縱二五厘米　橫三一厘米　十開）

問何年石破更堪驚，百道瀉流泉。甚無晴無雨，橫空飛沫，四遠迷煙。萬里西來何事，塵涴總宜湔。杖笠猶堪用，從倚岩邊。最好天台歸去，訪赤城舊侶，未要輕還。恐難償此願，微契借君傳。乍相忘丹青妙筆，恍風生、襟袖意泠然。何須更誦興公賦、郭璞游仙。

《八聲甘州》，尹默

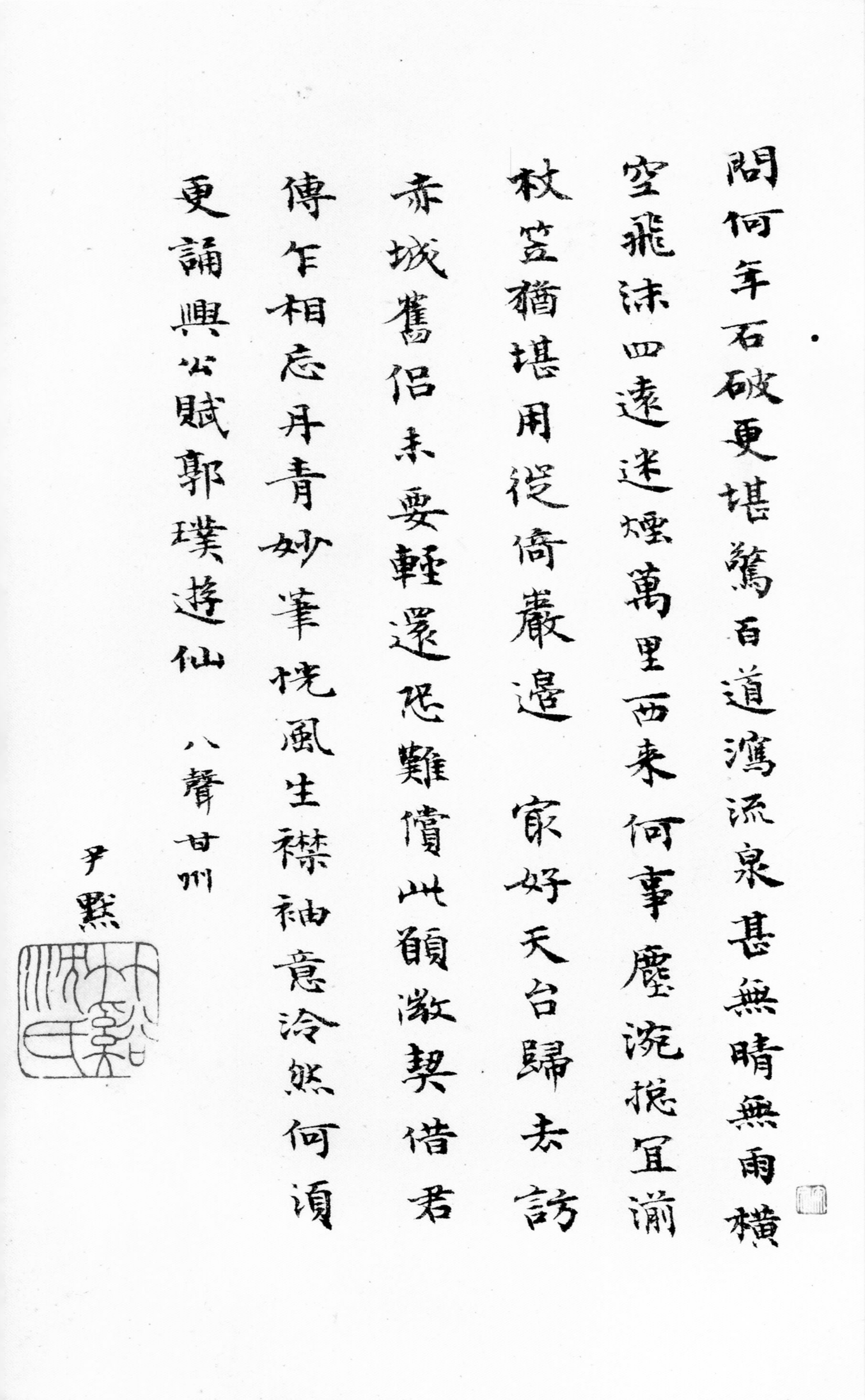

久欲游高崆岩，不得往，以意寫之。

寄庵東

緑生波，紅綴樹，依約舊池館。圖畫春風，客意自先暖。是誰倚定爐煙，蒲團坐穩，更不管、飛鶯語燕。 思何限，難忘別後江南，當時燕鶯伴。莫笑情多，無分世緣淺。好教囑咐梧桐，圓陰密葉，漫輕爲秋來驚散。

《祝英臺近》，尹默

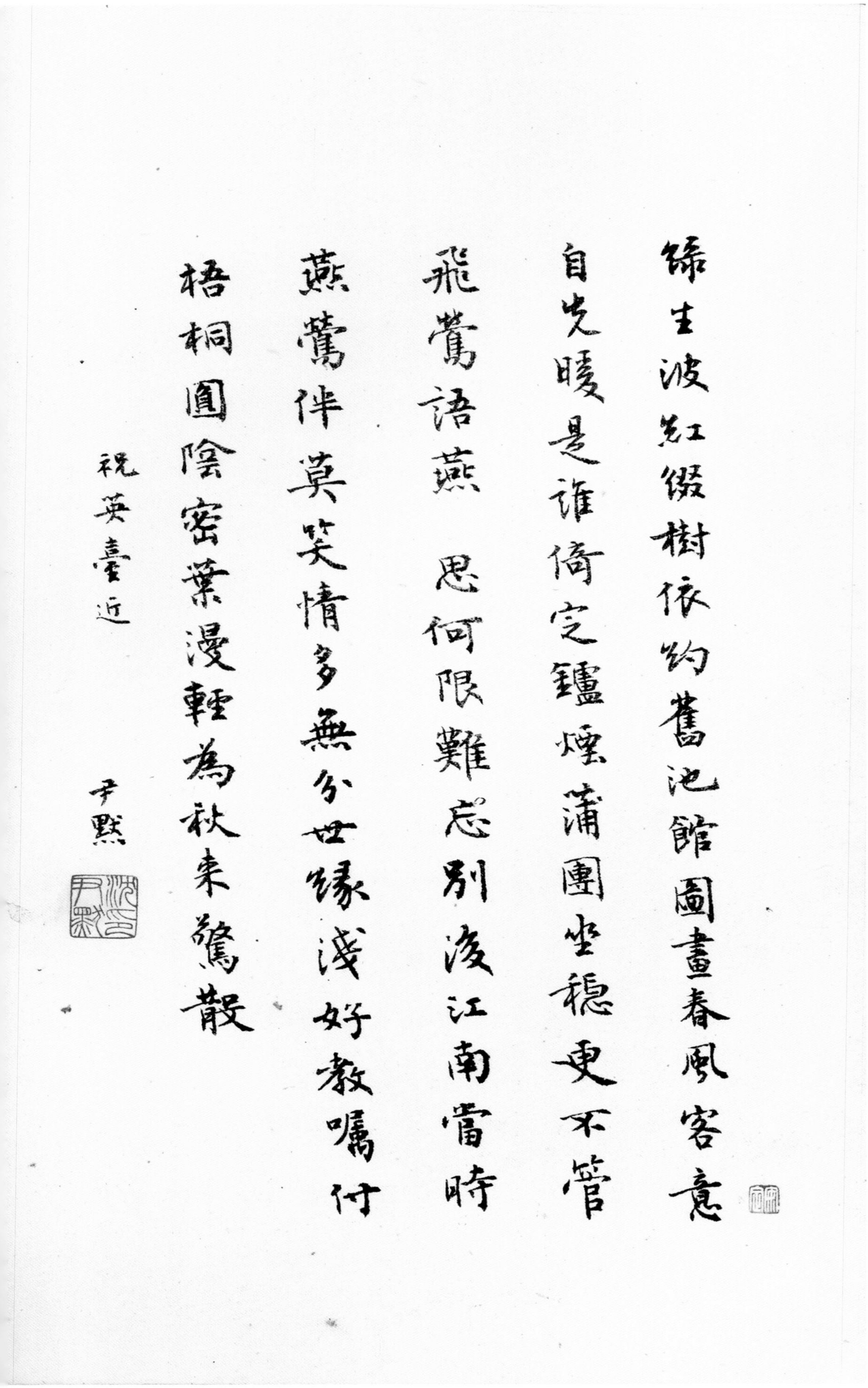

落花風起水平池。

汪東

爲少淵明一輩人。東籬寂寞罷開尊。落英枝上久成塵。忽有疏花生眼底，擬尋幽石倚松根。細看秋意已嶙峋。

《浣溪沙》，尹默

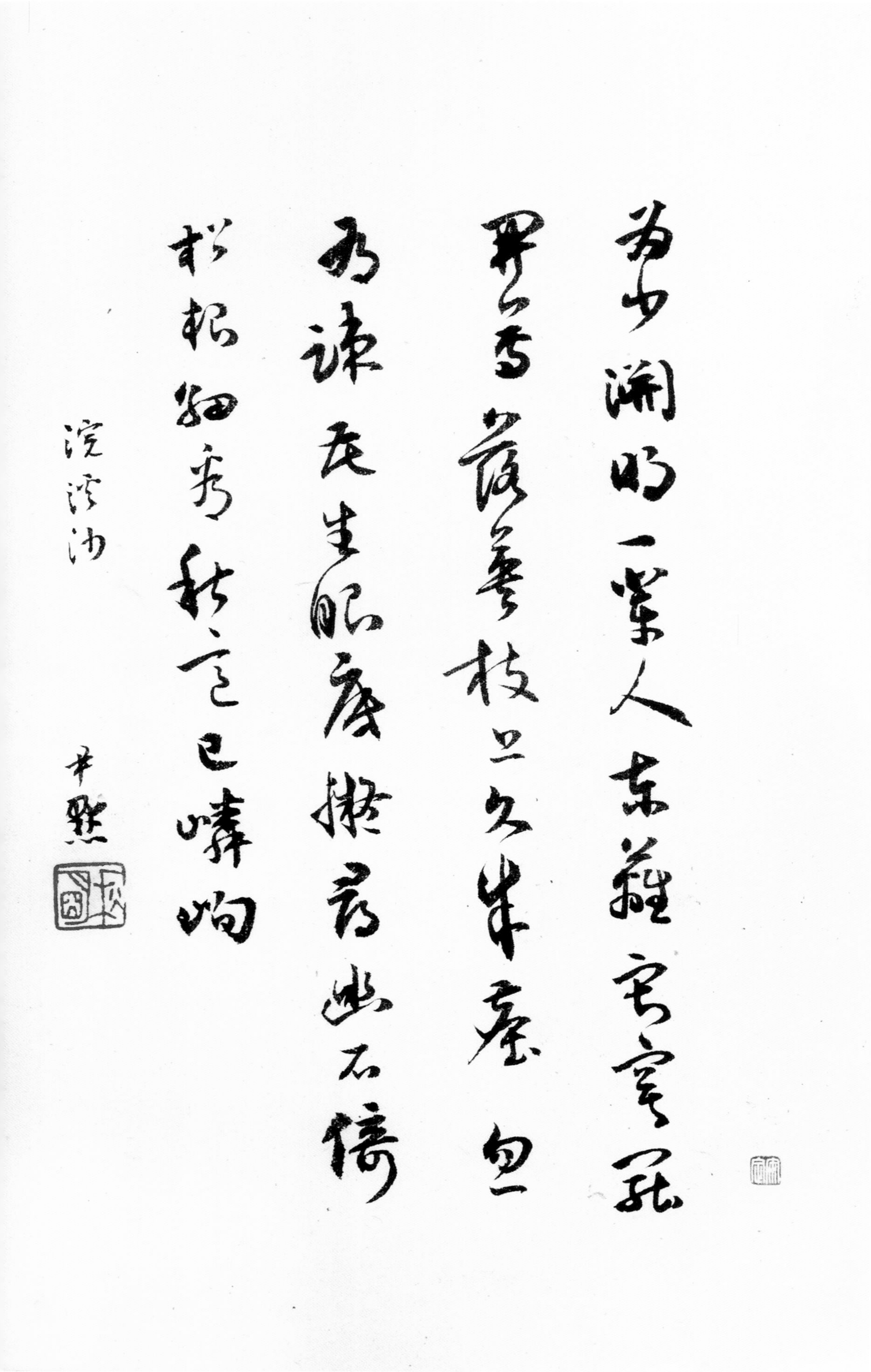

積墨之研，洗筆之水，點染霜花兀傲，可喜。佛言：『學我者病，似我者死。』呵呵！

寄庵

清愁難識，開落關山笛。花是主人人是客，莫負尊前月色。孤山鶴去千年，西湖歸（夢）如煙。不見當時處士，暗香疏影依然。

《清平樂》，尹默

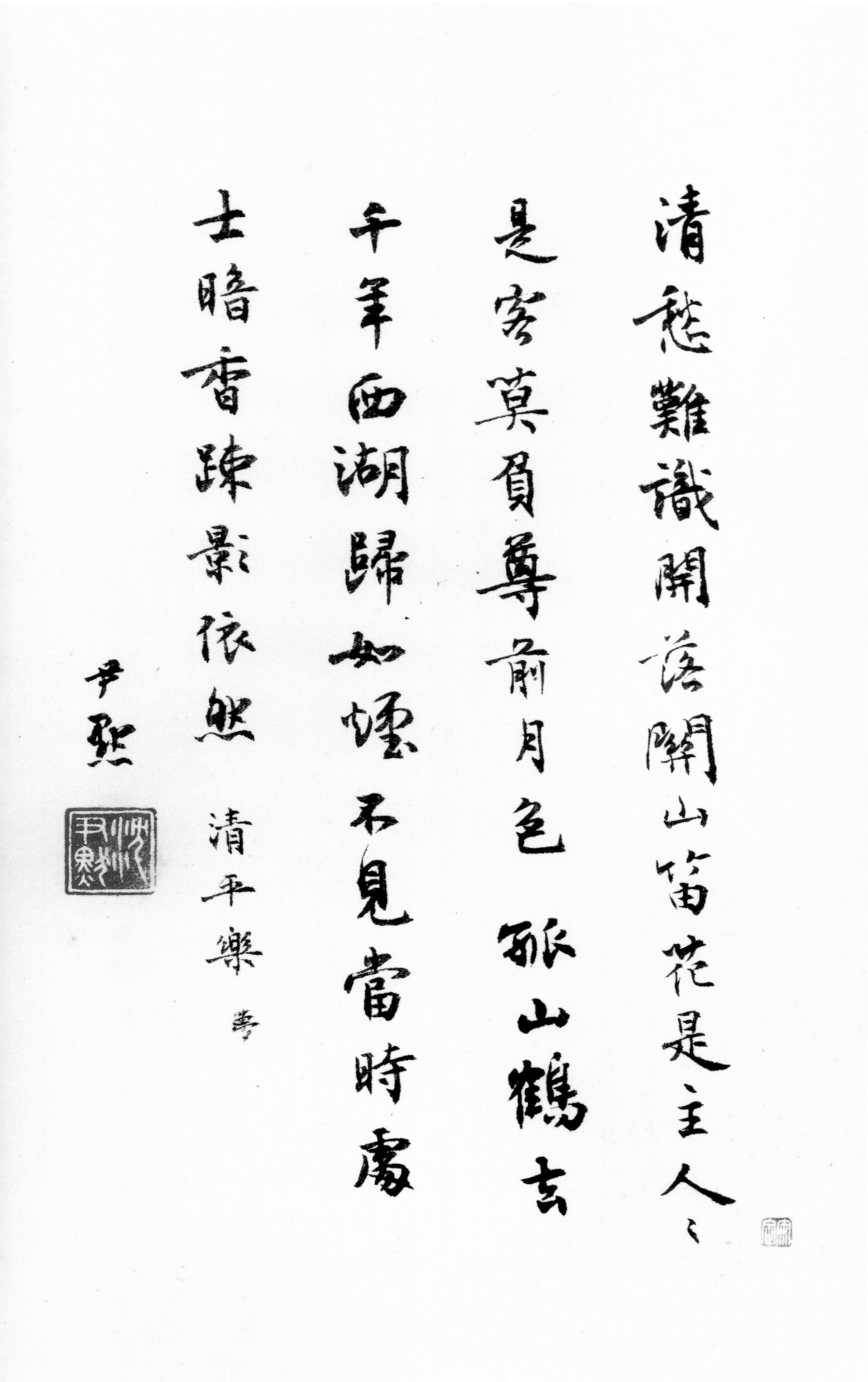

愛敬老梅如古士，護持新笋似嬰兒。
變枯木竹石之法戲爲此幅。

寄庵東

巾扇飄零類轉蓬。撩人節物忒匆匆。酒醒天涯人未倦，有誰同。 玉笋斑斕開錦褓，珠櫻的歷寫筠籠。湖上回舟風細細，夢魂中。

《攤破浣溪沙》，尹默

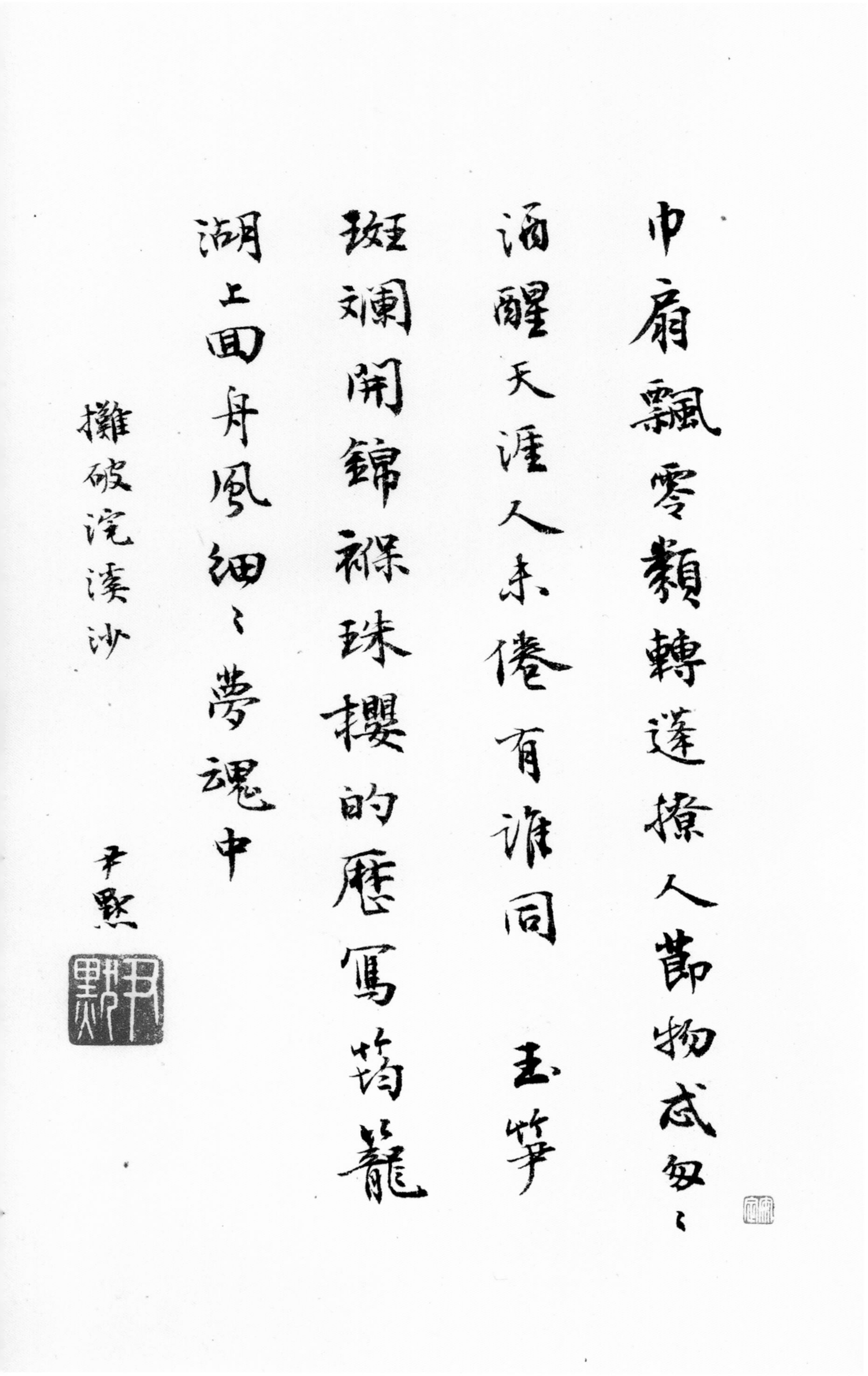

西蜀櫻桃也自紅，野人相贈滿筠籠。

金陵玄武湖居民多種櫻桃爲業，花實之美甲天下，今歲櫻笋節已過矣，偶寫故鄉風物以寄遐思。

辛巳夏曆閏六月，寄庵汪東并識

瓊蕊清疏翠葉長。短叢幽谷細生香。
丹青不取尋常本，濃淡都成別樣妝。
矜品格，占風光。放翁何事費平章。
梅花高韻差孤冷，擬佩同心那可忘。

《鷓鴣天》，尹默

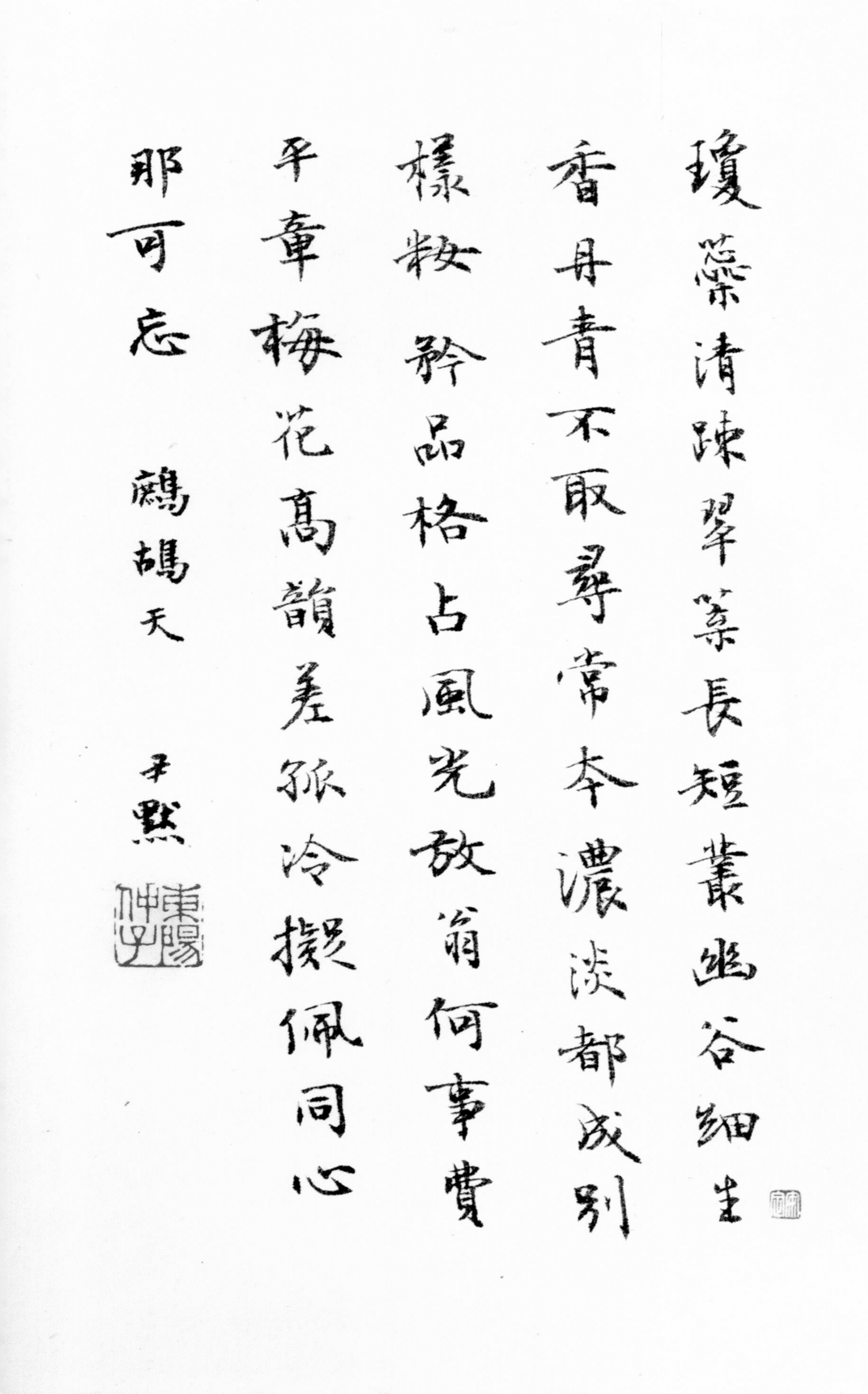

蘭亭如高士，又如絕代人。我畫用我法，略復傳其神。世人求形似，轉恐失本真。擲筆三歎息，行歌湘水濱。

獨坐偶有所思，寫此遺興。寄庵東并題

拿舟好去，乘興閑游，滿意波光嵐翠。一霎沈陰，做就晚來天氣。動歸愁、煙樹蒼茫裏。恰似載、一船畫稿，風絲雨點相繼。 漂泊離鄉里，感風雨孤舟，亂山長水。縱有芳醪，怎解遣愁一二。看當前、誰會凄其意。仗水墨、千烘萬染，寫人生如寄。

《卜算子慢》用柳屯田韵，尹默

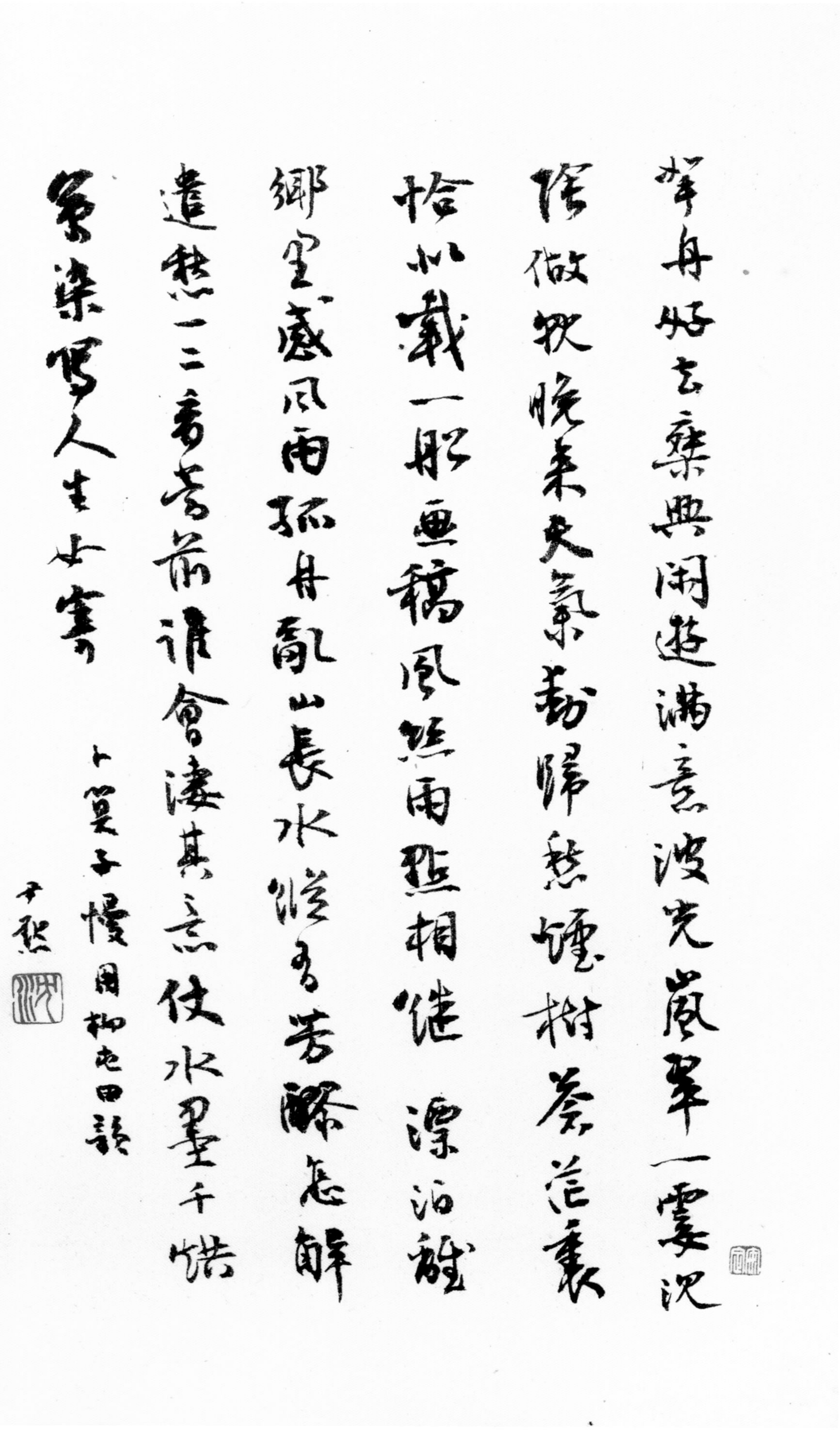

風雨歸舟。

寄庵寫

杜宇聲停，杜鵑花謝，空山寂寂春非。清陰長晝，松翠漸成幃。不分鳴蟬乍起，頻嘶斷、暮雨斜暉。驚節候，西來伴侶，猶自未應歸。依依。留滯久，荒蕪院宇，且展襟期。漫無端長嘆，怕有人知。恰似南枝倦羽，渺長天、何處歸飛。青山外，知誰念我，容寄寫懷詩。

《滿庭芳》，尹默

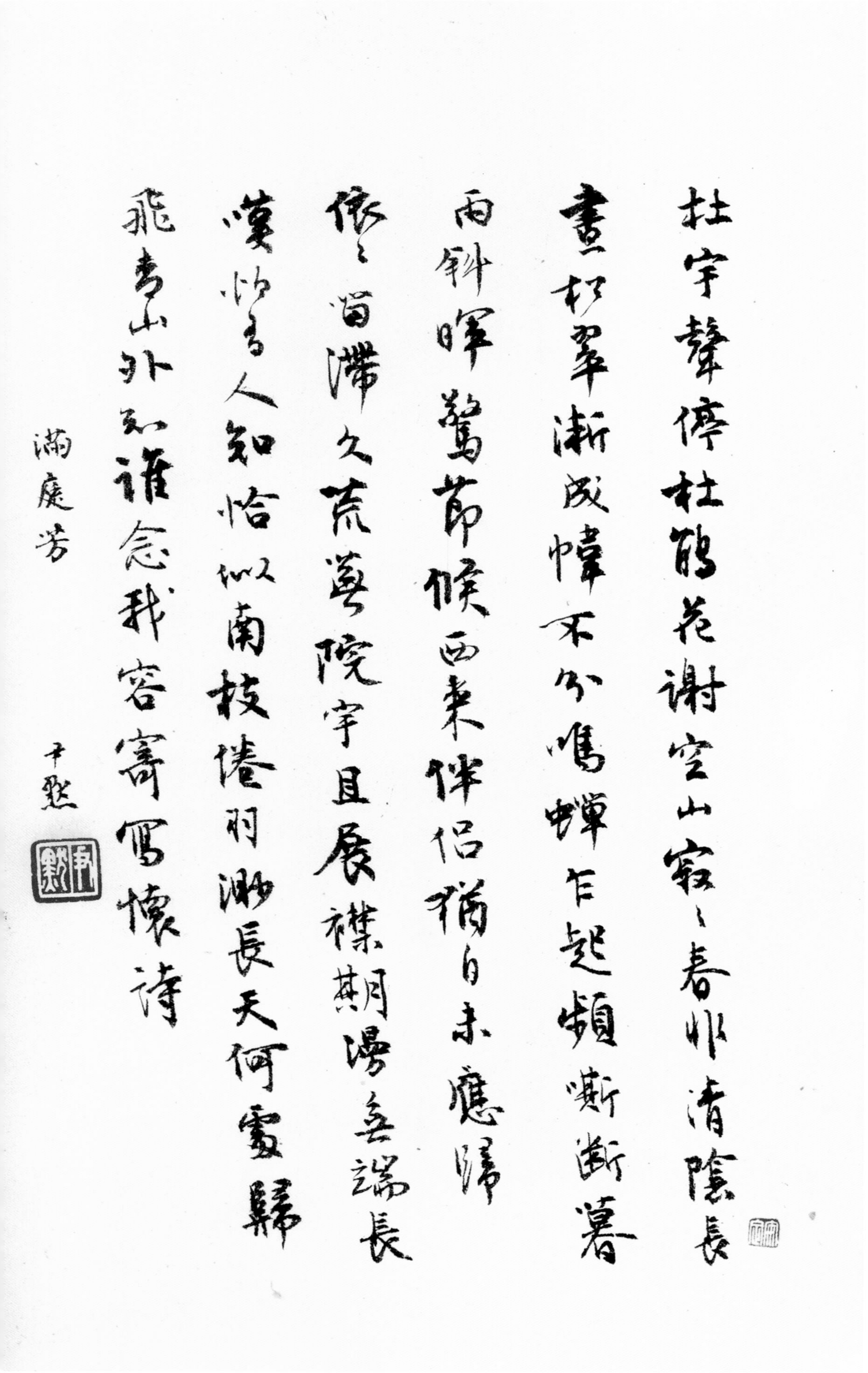

志言：歌樂山松栝蔽日，風過若笙竽，故名。然則世人讀樂爲歡樂之樂，殆非也。

汪東記

環佩歸來。江上風清月白，寶爐溫。畫簾隔，久徘徊。玉盤金盞難留客，今夕知何夕，莫相偎。吹橫笛，恐驚梅。

《酒泉子》，尹默

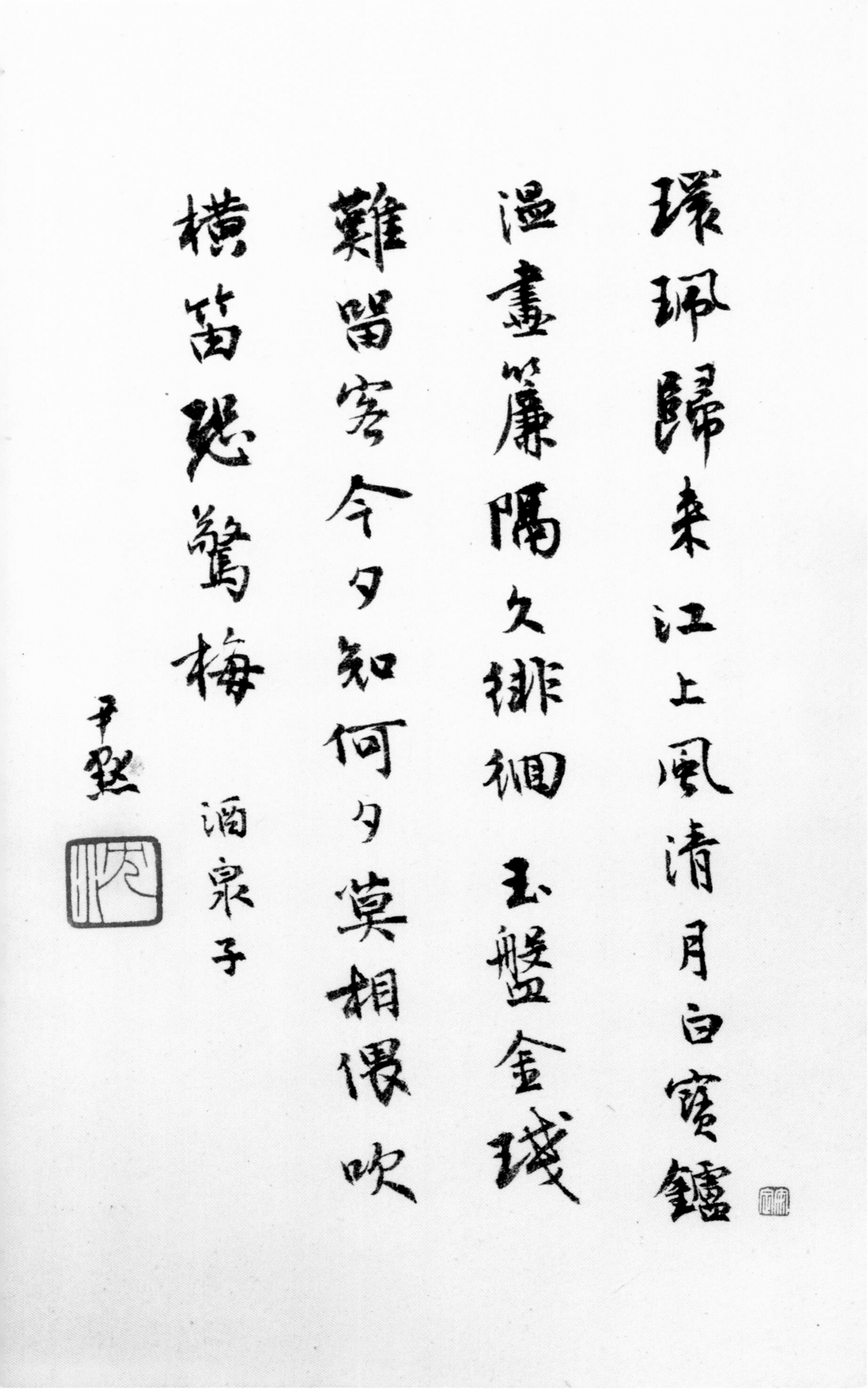

昔山谷詠水仙詩，湘綺老人譏其嚇破十五女兒膽。我此畫當與山谷把臂入林，不可使趙子固見也。

寄庵戲筆

慈竹成陰清可愛，慈烏反哺情無改。負米歸來心意快，春長在，北堂歲歲嬉萊彩。此日遠游無計奈，登臨多難還堪慨。親舍迢遥雲覆蓋，窮眼界，白雲更接青山外。

《漁家傲》，公武先生兩政，尹默

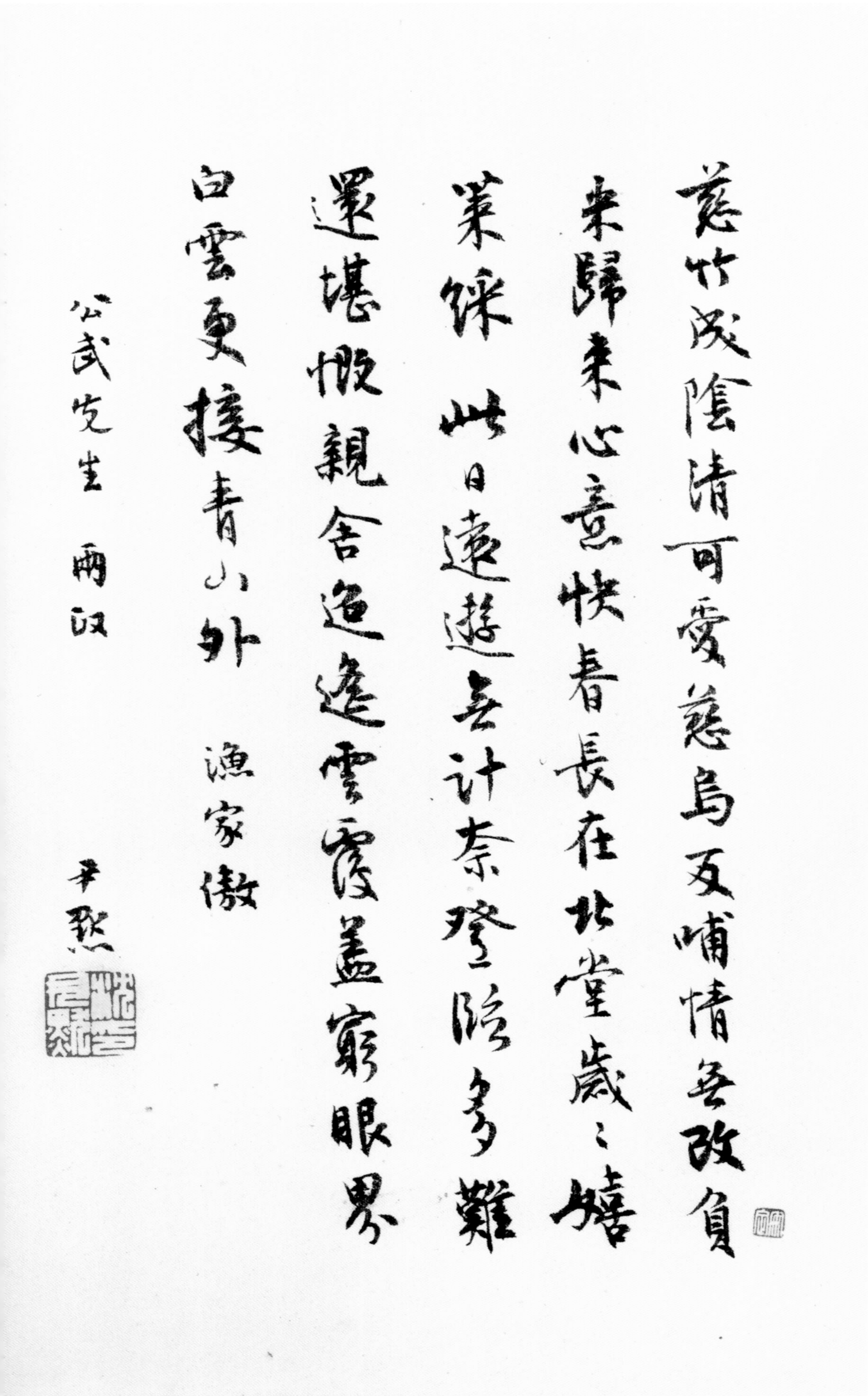

公武先生取狄梁公語屬作《望雲圖》以貺此冊，即奉清鑒。

辛巳立秋後二十日，寄庵汪東于

靜石灣鑒齋

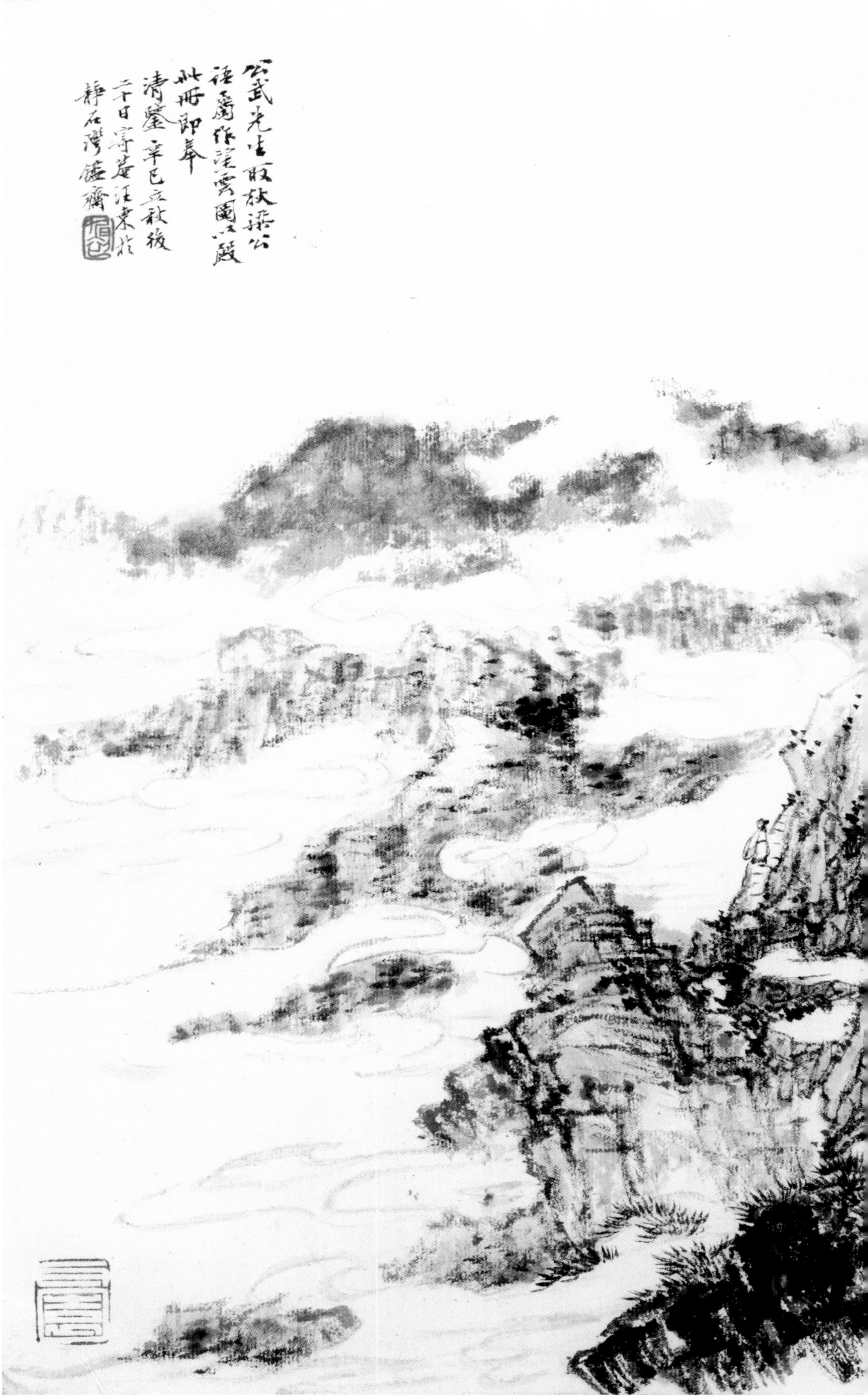

沈尹默、溥儒書畫成扇

（縱一八・五厘米　橫五二厘米）

余嘗戲爲人評書云：『小字莫作痴凍蠅，《樂毅論》勝《遺教經》，大字無過《瘞鶴銘》，隨人作計終後人。自成一家始逼真。然適作小楷，亦不能擺脱規矩。』客曰：『子何捨子之凍蠅而謂人凍蠅？』余無以應之。固知書雖棋鞠等技，非得不傳之妙，未易工也。《黄庭經》王氏父子書皆不可復見。小字殘缺者，云是永禪師書，既刓缺，亦難辨真贋。字差大者，是吴通微書，字形差長而瘦勁，筆圓，勝徐浩書也。

戊子秋窗書涪翁題跋二則，尹默

未易
工也黃庭經王氏父子書
皆不
可復見小字殘缺者云
是永
禪師書院刻鍥二錯雜
真贋
字差大者是集通微書
字形
筆差長而瘦勁筆圓勝
緣法
書也戊子秋總書法以題
跋三則

山猿嘯林雨，登岩呼晚風。驚看岩月上，掬向碧波中。

心畬畫并題

沈尹默、吴湖帆書畫成扇之一

（縱一五厘米　橫五〇厘米）

卷中袞袞溪山出，筆下明明開闢初。不肯一禪爲婦計，俞郎作意未全疏。萬壑分烟高復低，人家隨處有柴扉。此中只欠陳居士，千仞冈頭一振衣。題俞秀才所藏江參山水，簡齋。

進立先生屬正，尹默

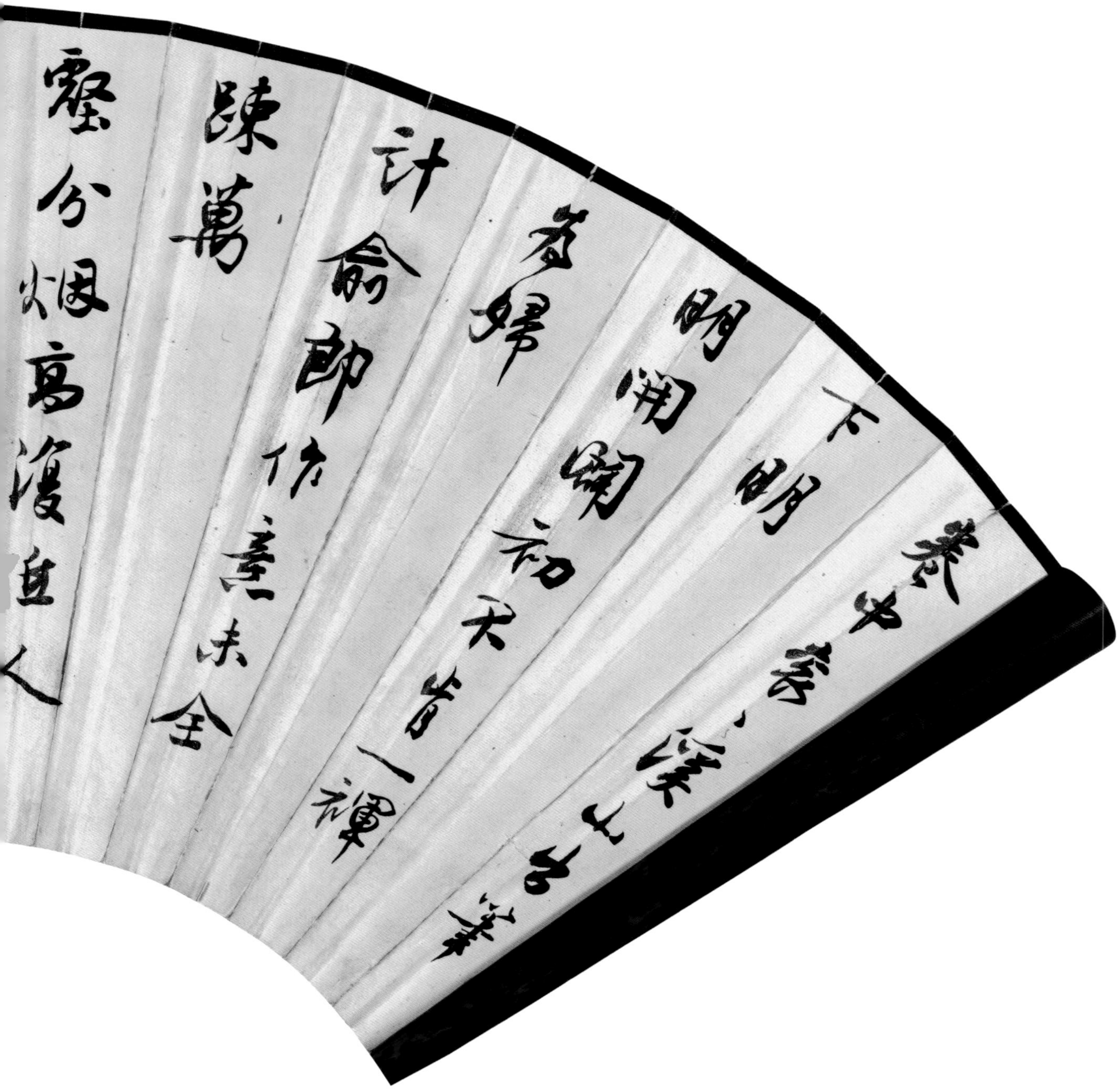

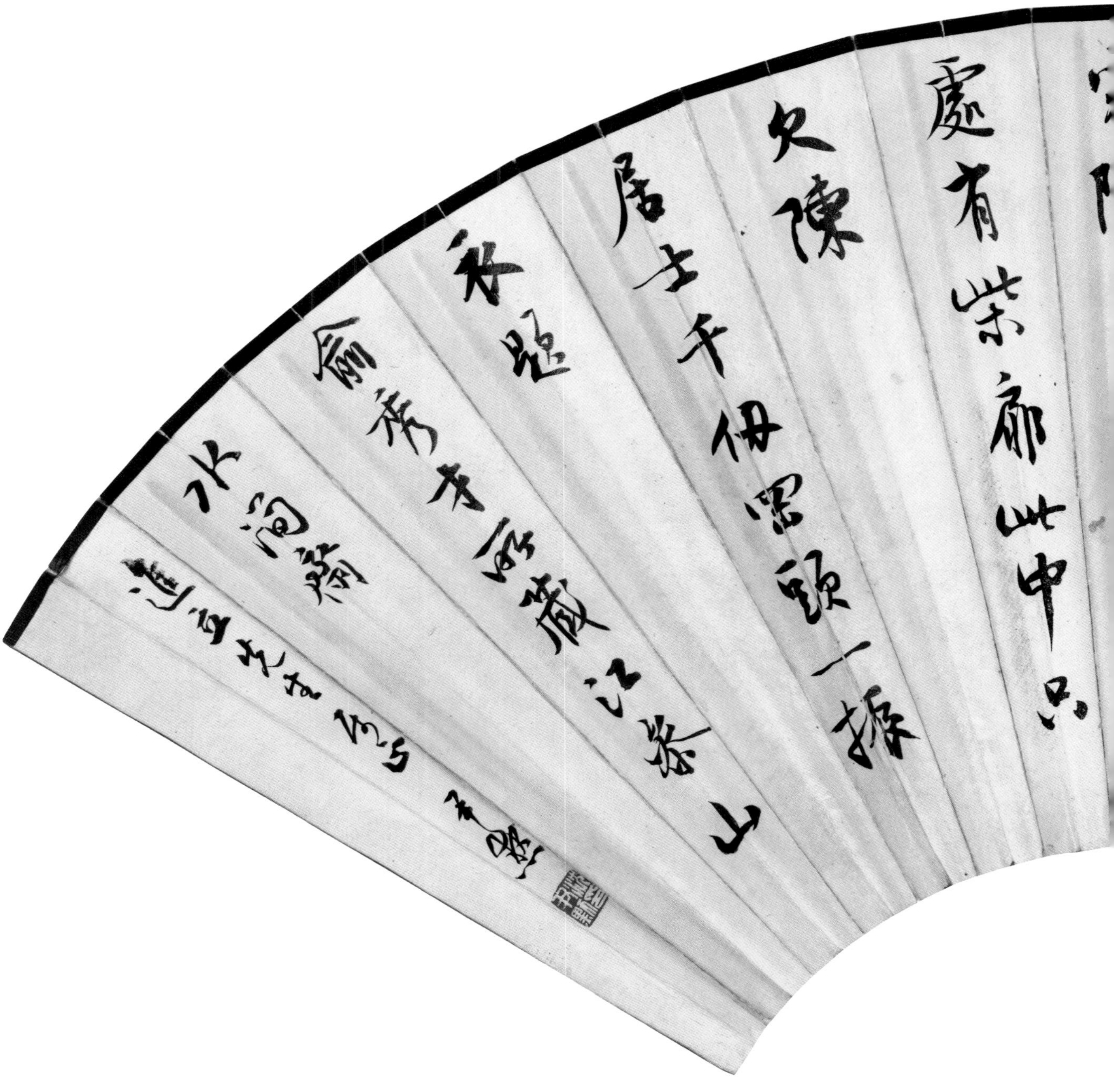
處有崇廊此中只
久陳
秋題

擬高彦敬雨山圖，爲進立先生雅鑒。

庚寅五月，吴湖帆

擬高彥敬
雨山畫為
進之先生雅鑒
庚寅五月
吳湖帆

沈尹默、吴湖帆書畫成扇之二

（縱一八厘米　横五一厘米）

經時不出此同臨，小徑新摧草舊侵。欲傍江山看日落，不堪花鳥已春深。來牛去馬中年眼，朗月清風萬里心。故著連峰當極目，回看幽徑繞雙林。

后山和魏衍同登快哉亭詩，爲達成先生書即正，尹默

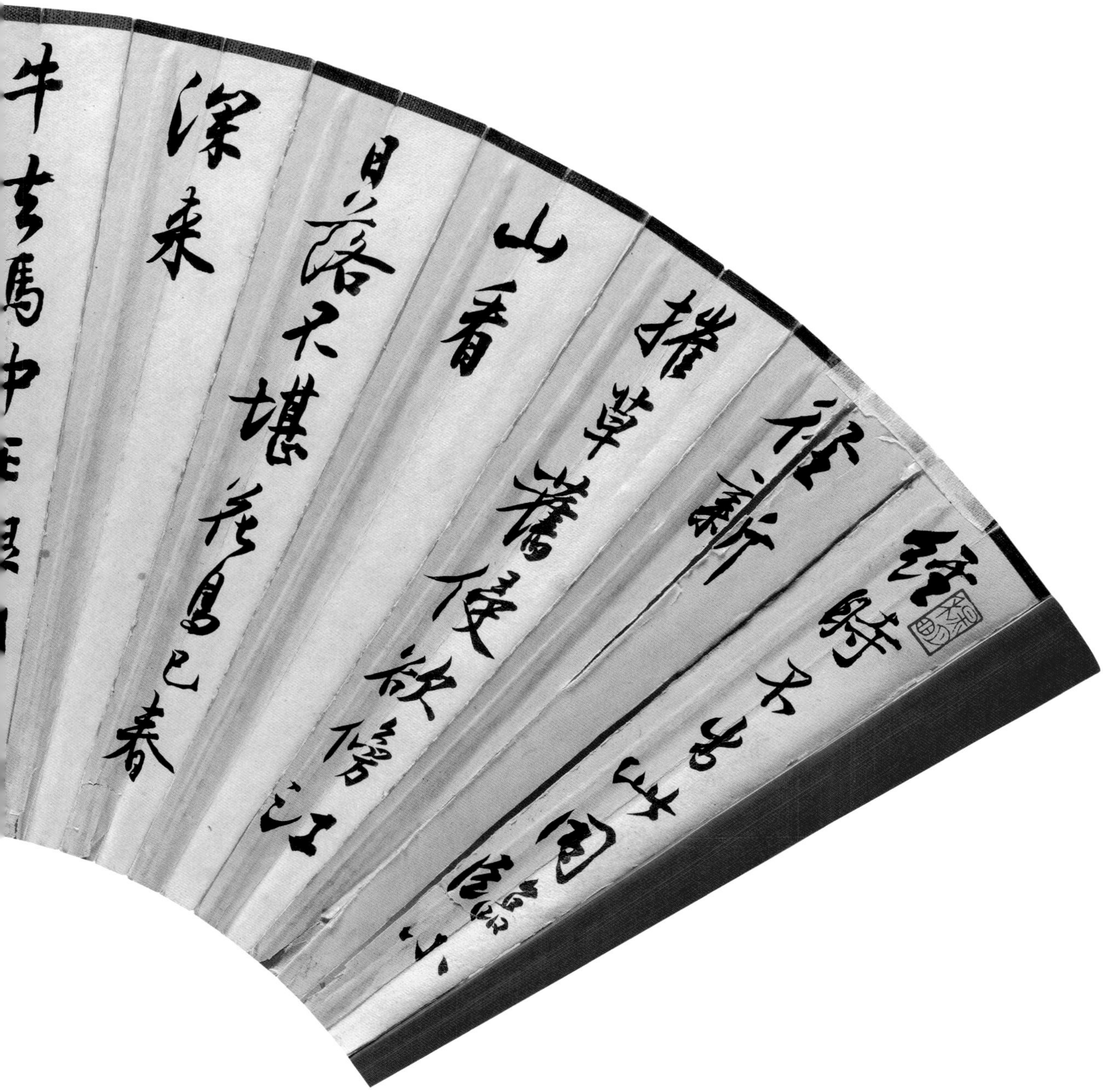

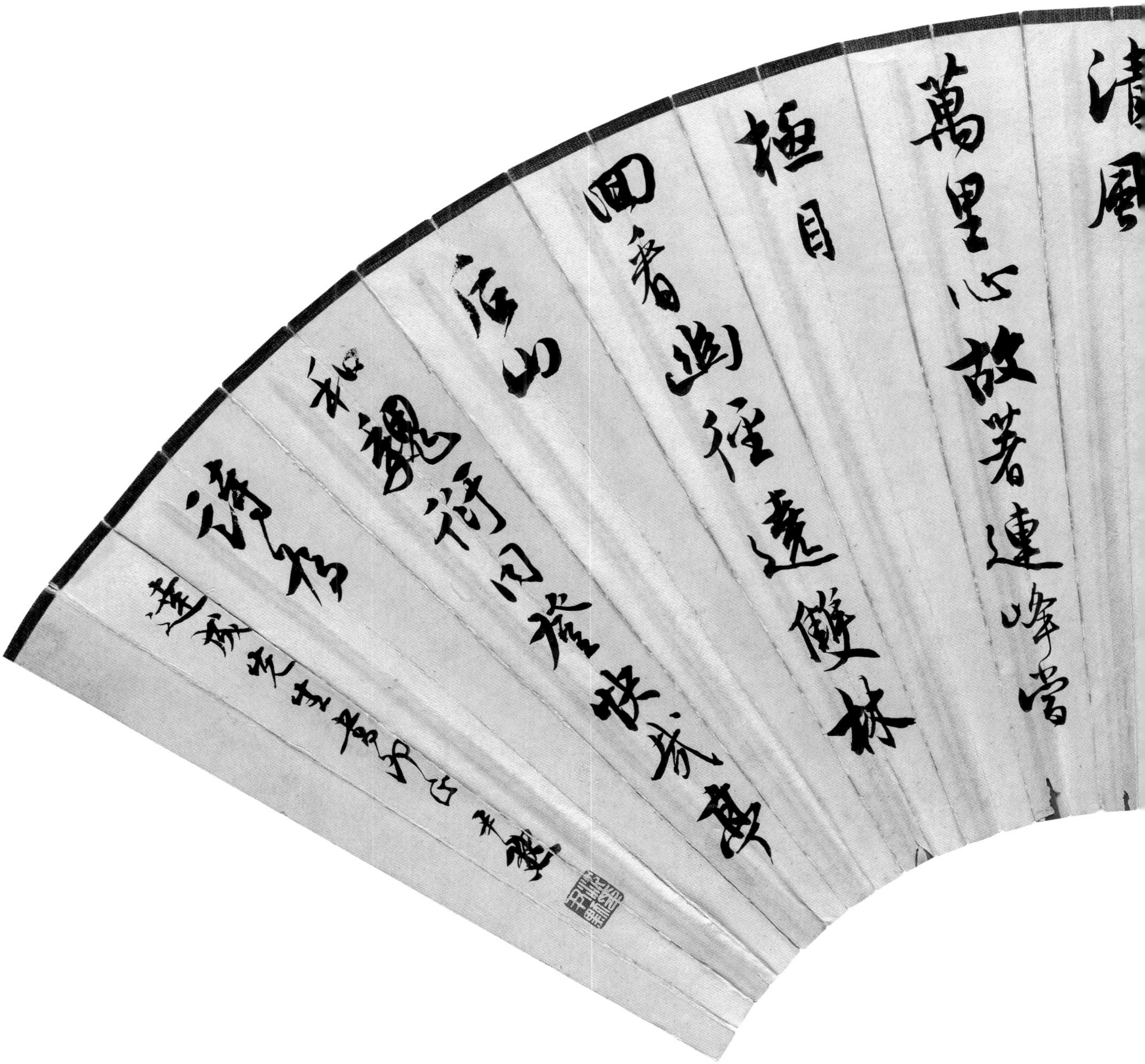
萬里心故著連峰當
極目
回看幽徑遠雙林

達成先生屬。

戊子九月，吴湖帆

沈尹默書畫成扇之一

（縱一八厘米　橫四八厘米）

林花慣作新裝束，競惹游人目。層巒點黛水拖藍，處處烟蓑雨笠似江南。飛紅已逐東流遠，莫道春還淺，光風草際弄新晴，却向緑陰濃處聽啼鶯。清和時候憐芳草，眼底天涯道。江湖滿地滯行舟，歲歲門前春水接天流。明年擬辦東歸去，櫻筍堆牛住。量船載酒恰相便，醉卧緑楊堤畔晚風前。此生一任兵間老，莫負清尊好。衆禽百卉是吾鄰，看取一番風雨一番新。乾坤整頓知非易，也是尋常事。石林茅屋有灣埼，與子平分風月復何疑。

右《虞美人》詞三首，十餘年前留滯重慶時，和馬湛翁自樂山見寄之作。

甲午秋初，爲巽伯兄書，尹默

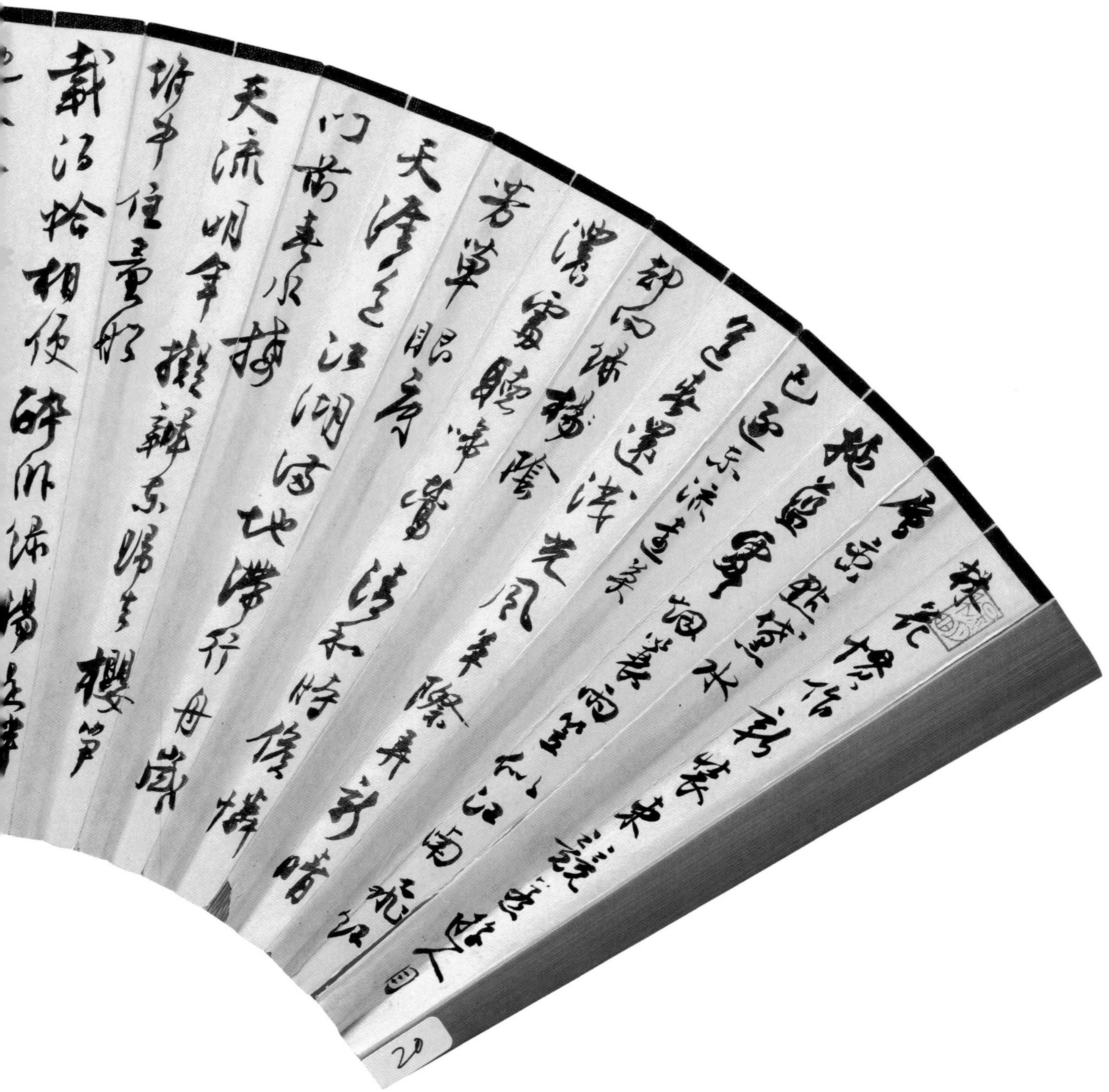

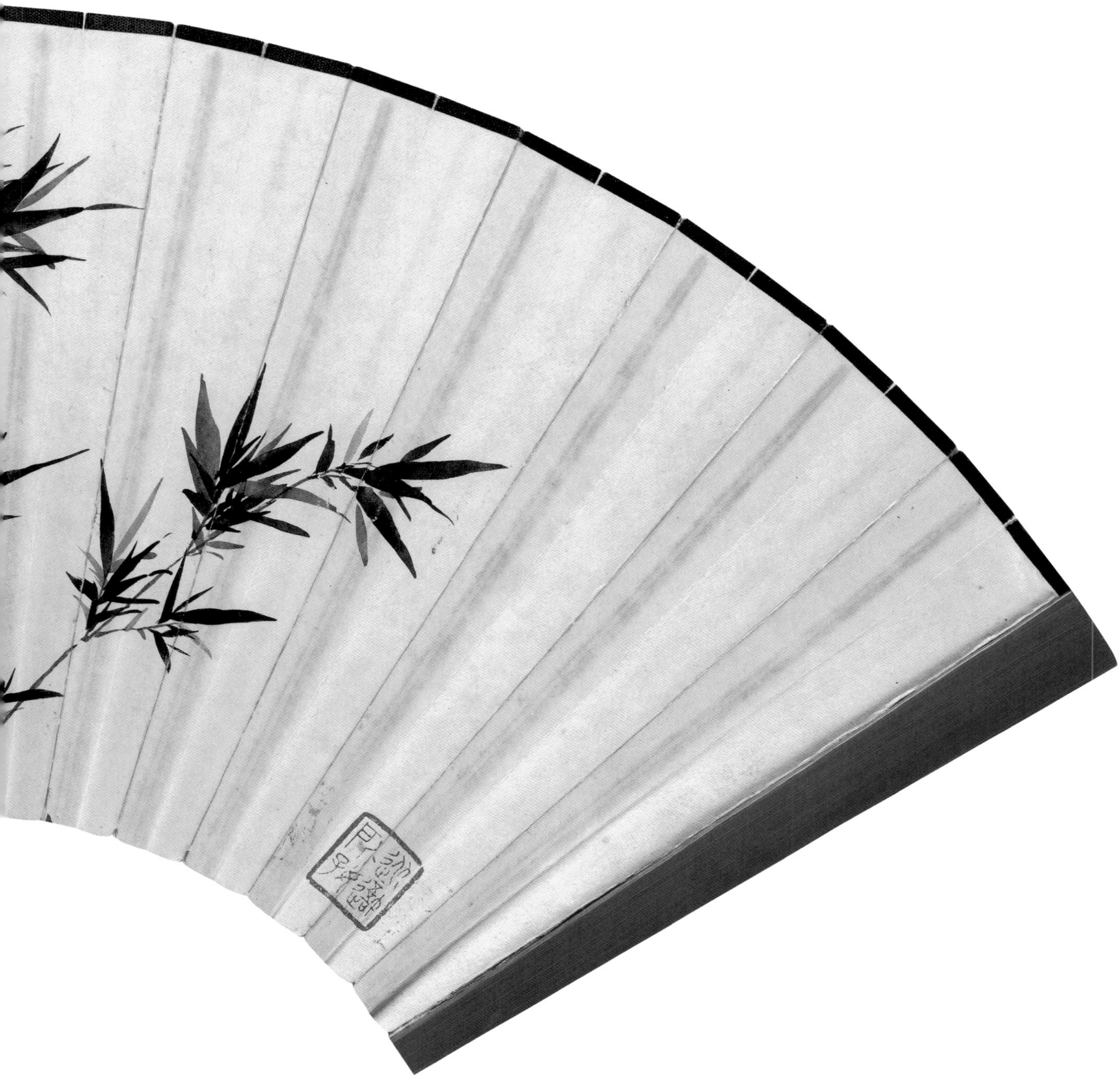

沈尹默書畫成扇之二

（縱一八・五厘米　横四七厘米）

萬種春情生柳陌，一痕秋夢墮槐街。西山舊約隨年往，短卷新題與古儕。掃徑風回花正艷，當筵月落酒偏佳。心頭眼底都難遣，始信勞生未有涯。

右讀晦聞宿潭柘寺詩，因次其韵。

詩思森泓久所參，卷中尋味更潭潭。高情一往入寥廓，流輩能言無二三。陂澤納喧從草蔓，欄干透雨助花酣。社園春日風沙惡，欲北驅車却向南。

右讀蒹葭樓詩因題。

巴山西起最能奇，巴水東流更不疑。六載未歸緣戰伐，一生難遣是吟思。泡桐得地干雲上，蔓草争籬帶露垂。眼底儘多他日感，漫從卉木樂無知。

寓所漫題。

逆帽黄塵不待風，九衢人意競匆匆。鳴弦鏗爾知何世，萬古冥冥幾塞鴻。

塵中十年前舊作，録奉壽川先生兩正。

癸巳夏日，尹默

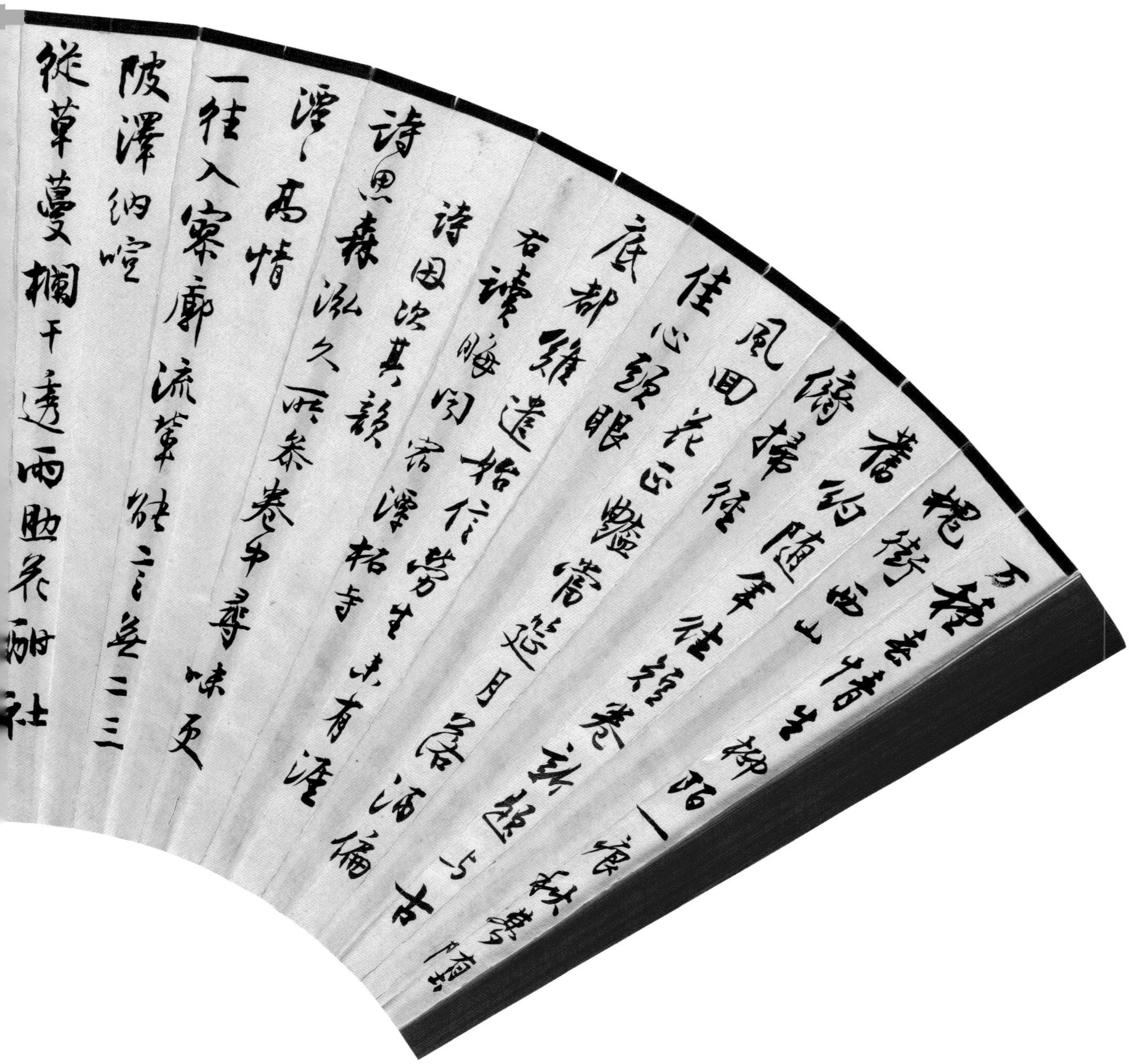

巴山西起最高峰 巴水東流去不窮

右讀菽董楷詩因題

六載東歸緣戰伐一生羅遣是何思 泡桐浮

此千雲上畫中霄雲帶雨 一生羅遣無眼罷得慮如

他日廢湯 待風九疇人

憶千木凛知

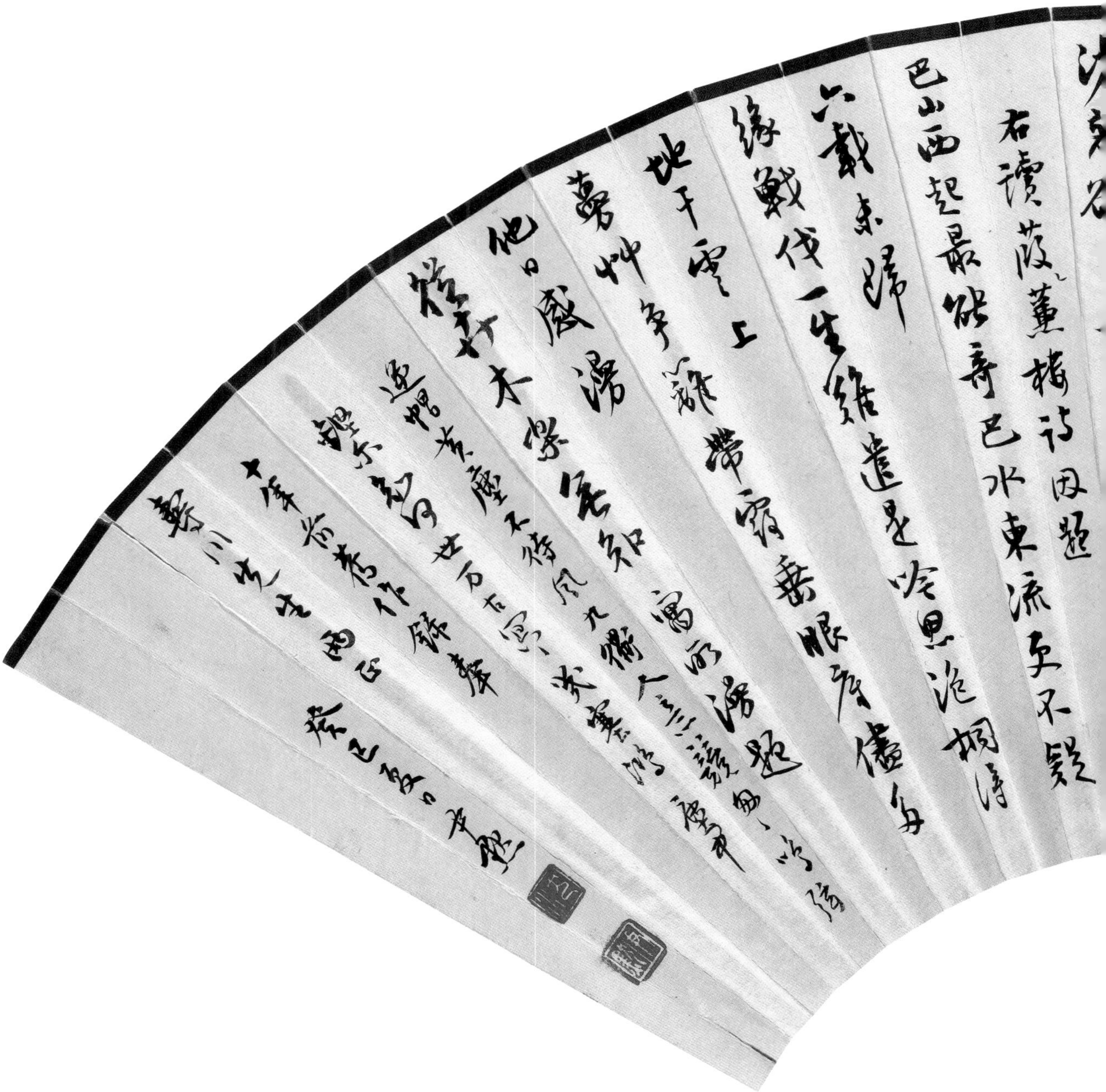

沈尹默書畫合扇

（縱一四厘米　橫四二厘米）

治平乙巳歲雨患，大相國寺以汴河勢高，溝渠失治，寺庭四廊，悉遭渰浸，圮塌殆盡。其墻壁皆高文進等畫，惟大殿東西走馬廊相對門廡，不能爲害。東門之南，王道真畫《給孤獨長者買祇陀太子園因緣》；東門之北，李用及李象坤合畫《牢度叉鬥聖變相》；西門之南，王道真畫《志公變》《十二面觀音像》；西門之北，高文進畫《大降魔變相》，今并存之，皆奇迹也。其餘四面廊壁皆重修復後，集今時名手李元濟等，用内府所藏副本小樣重臨仿者，然其間作用，各有新意焉。魏之臨清縣東北隅，有王舍城佛刹，内東邊一殿極古，四壁皆吳生畫禪宗故事，其書不知誰人，類褚河南。

佩青大家正之，尹默

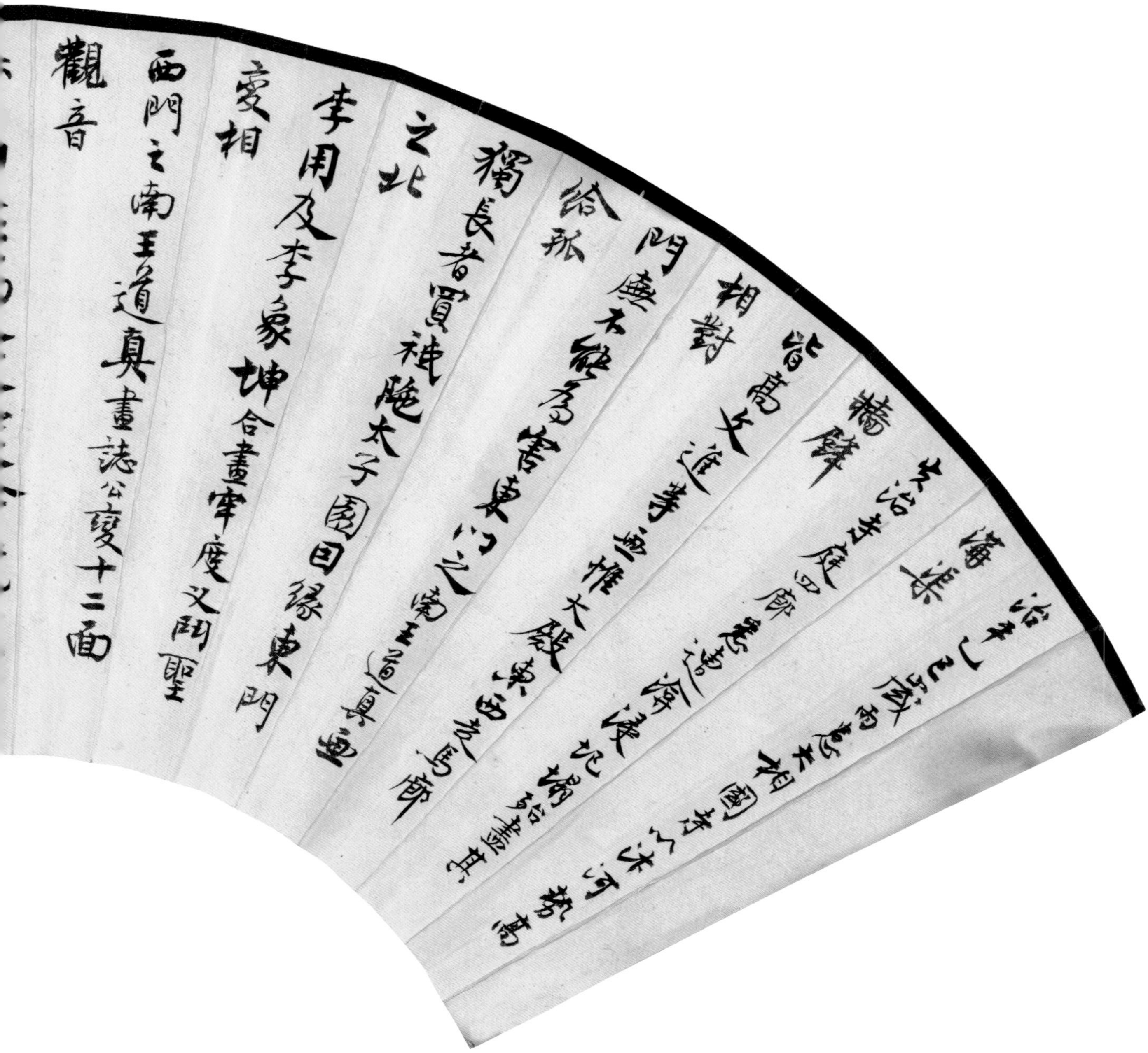

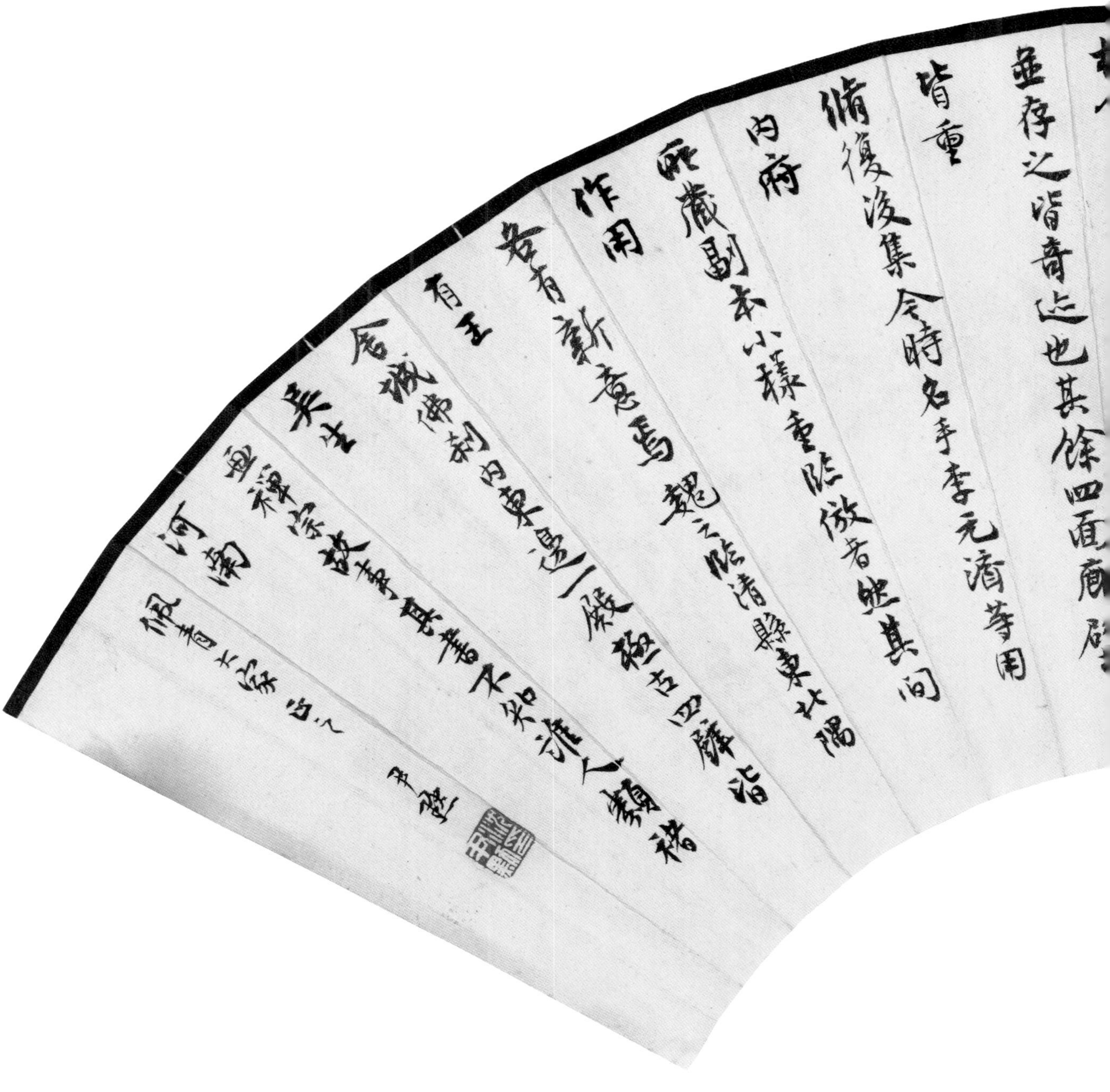
並存之皆奇迹也其餘四面廊壁
皆重
脩復後集今時名手李元濟等用
内府
所藏副本小樣重臨倣者絶其間
作用
各有新意焉 魏之臨清縣東北陽
有王
念城佛刹内東邊一殿極古四壁皆
吳生
畫禪宗故事其書不知誰人題稽
河南
佩青大兄屬正之

廿餘年前，巽伯曾以莫干山竹攝景數幅見貽。今爲佩青大家背寫其一，取其大意而已。

尹默

沈尹默書法成扇之一

（縱一八厘米　橫四六厘米）

三山懷謝朓，水澹望長安。蕪没河陽縣，秋江正北看。盧龍霜氣冷，鳷鵲月光寒。耿耿憶瓊樹，天涯寄一歡。吾多張公子，別酌酣高堂。聽歌舞銀燭，把酒輕羅霜。橫笛弄秋月，琵琶彈陌桑。龍泉解錦帶，爲爾傾千觴。玉瓶沾美酒，數里送君還。繫馬垂楊下，銜杯大道間。天邊看緑水，海上見青山。興罷各分袂，何須醉別顔。借問剡中道，東南指越鄉。舟從廣陵去，水入會稽長。竹色溪下緑，荷花鏡裏香。辭君向天姥，拂石卧秋霜。李太白詩。

甲戌夏，爲子琨先生雅政，尹默

道间天边看绿水海上分
青山
兴罗各夕诀须醉别颍
借问道东南指越乡母抱
刻中道长竹色深烧
广陵水人居猪能同天晓
玉阁阁能如湾
花石
汁余蝶梅太日醉日如醉日
乙酉如游泾

沈尹默書法成扇之二

（縱一八・五厘米　橫五〇厘米）

春光濃裏更江行，畫舫分明是水亭。出了真陽恰惆悵，數峰如笋雨中青。未必陽山天下窮，英州窮到骨中空。郡官見怨無供給，支與真陽數石峰。誠齋《出真陽峽》二絶句。

□□先生正，尹默

沈尹默書法成扇之三

（縱一九厘米　橫四八厘米）

我懷謝康樂，獨往游名山。身同雪舟繫，心與浮雲閑。清風澹蕩灑六合，令我輿在雲松間。玉山高與南斗齊，雲錦照耀廬山低。三十六峰凌虹霓，飛湍噴雪臨回溪，長松挂月青猿啼。上有梅仙采藥之幽栖，下有蕭雲讀書之故基。洞天石扇杳莫測，瑶草謾長三春荑。我欲因之覽八荒，手拂青蘿眠石床。回飆吹散碧天霧，清冥倒瀉澄湖光。作爲玉山謡，寄之雙峰客。輿來攜伎秋復春，笑殺東山謝安石。練子寧《二月望日與饒隱君游玉笥山》。洞庭葉未下，瀟湘秋欲生。高齋今夜雨，獨卧武昌城。重以桑梓念，凄其江漢情。不知天外雁，何事樂長征？徐昌穀《在武昌作》。

葦窗先生雅正，尹默

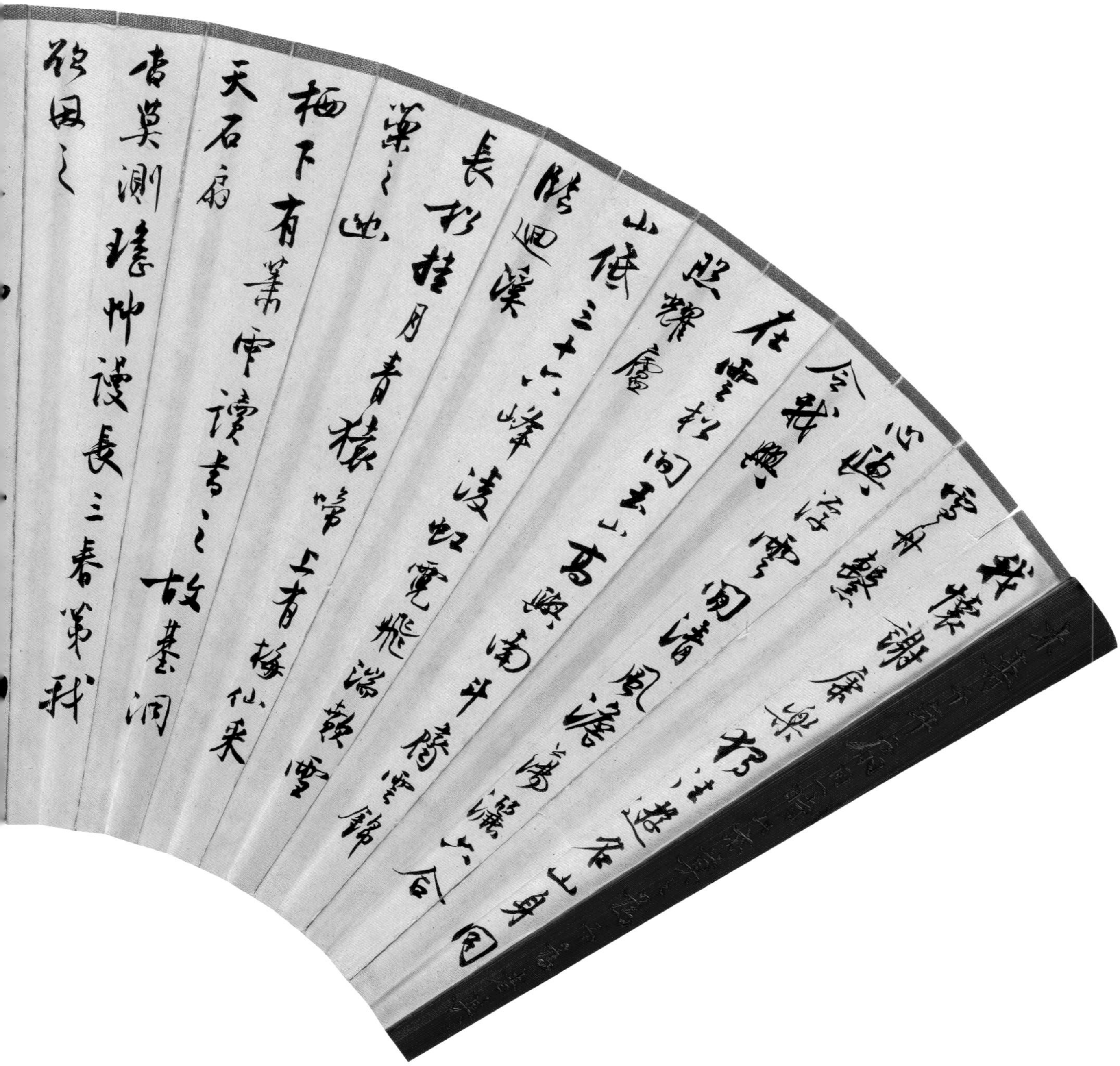

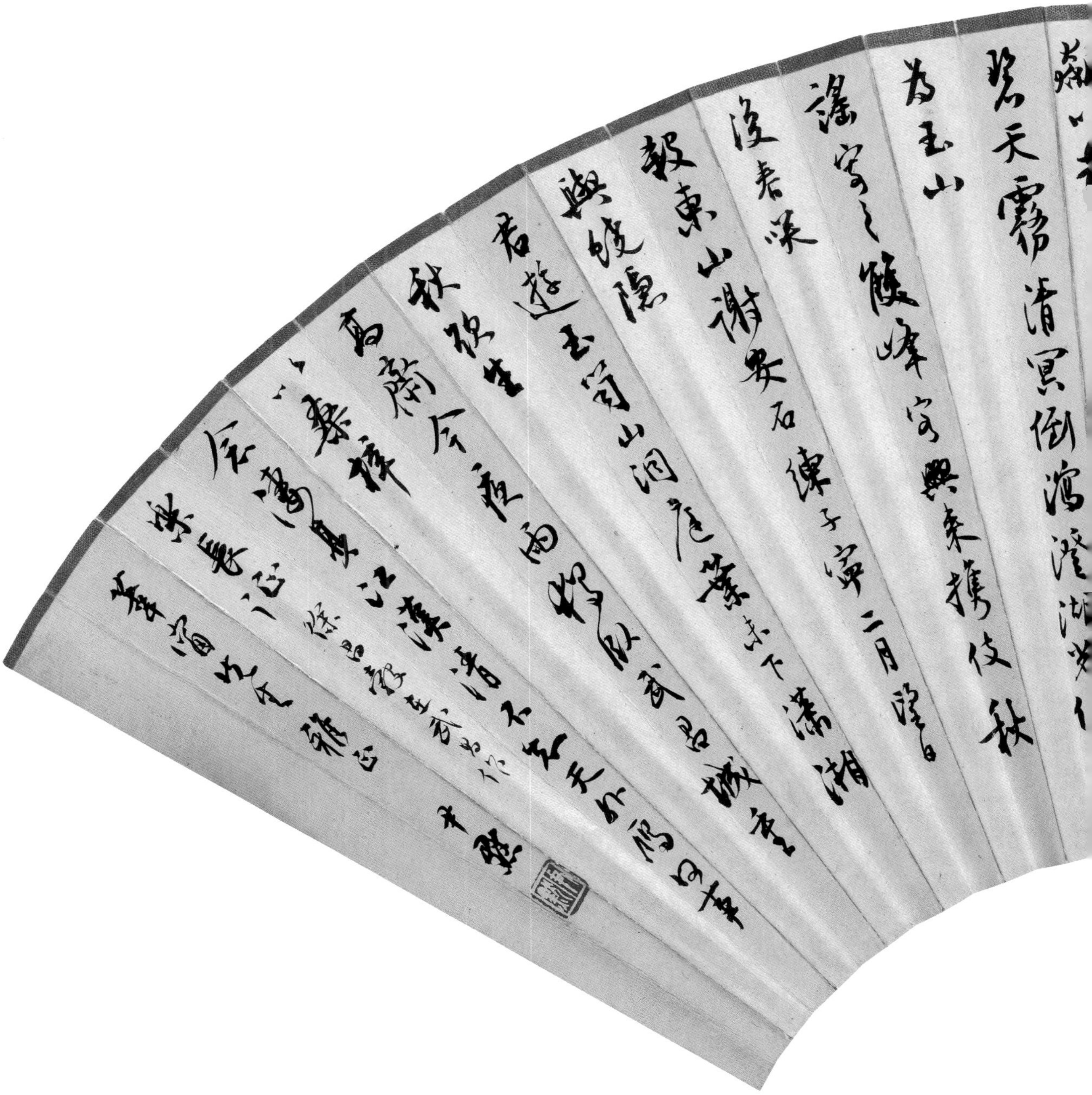

沈尹默書法扇面之一

（縱一九厘米　横四八厘米）

軋軋機輪放艇行，晴風拂水浪微生。欲訪陶朱尋故事，誰是，蠡湖今日十分平。遠近峰巒迎送慣。湖畔，煙波萬頃記初程。八十年光人未老，一笑，携家來此看雲横。

右《定風波》詞一首。一千九百六十二年六月十日，泛舟太湖遣興之作。

行年八十矣，踏地頂高天。服食非關病，吟哦勝坐禪。春風吹歲歲，野草茁年年。嘲本無心解，愚歟抑是賢。

見湛翁八十生辰詩，余與之同歲生，因次其韵。

視聽聲塵外，交游卷帙中。信書言有極，通變事無終。今古仍相契，人天亦可通。論文吾豈敢，花下待携筇。坐上賓非舊，樽中酒已空。傳家止忠厚，忤俗亦痴聾。稍覺情懷改，遥憐歲月同。滿街人盡聖，清任遂殊風。

湛翁答謝諸友詩二首，因次其韵奉酬。

右近作，録之以博巽伯兄一笑。

尹默

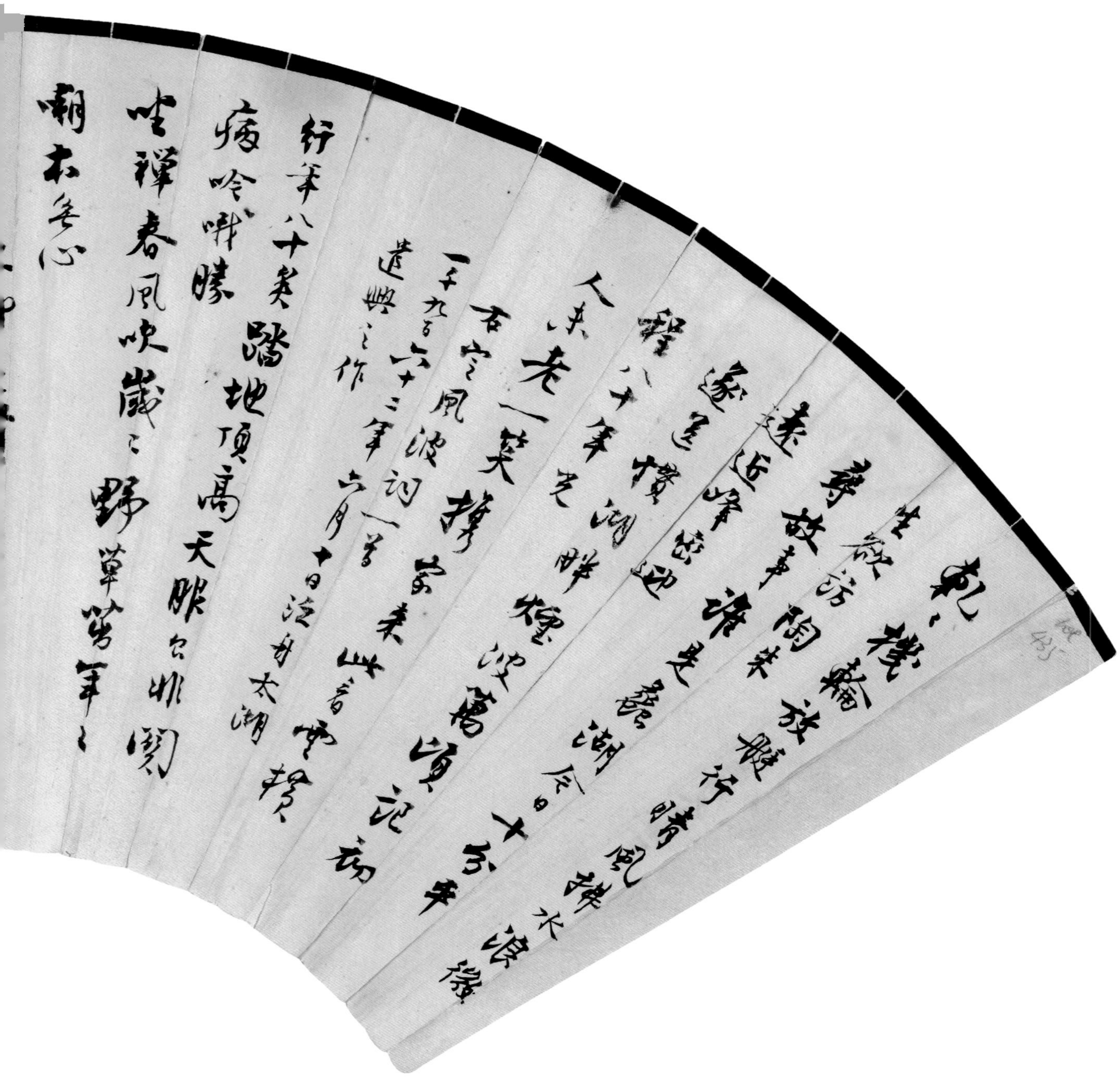

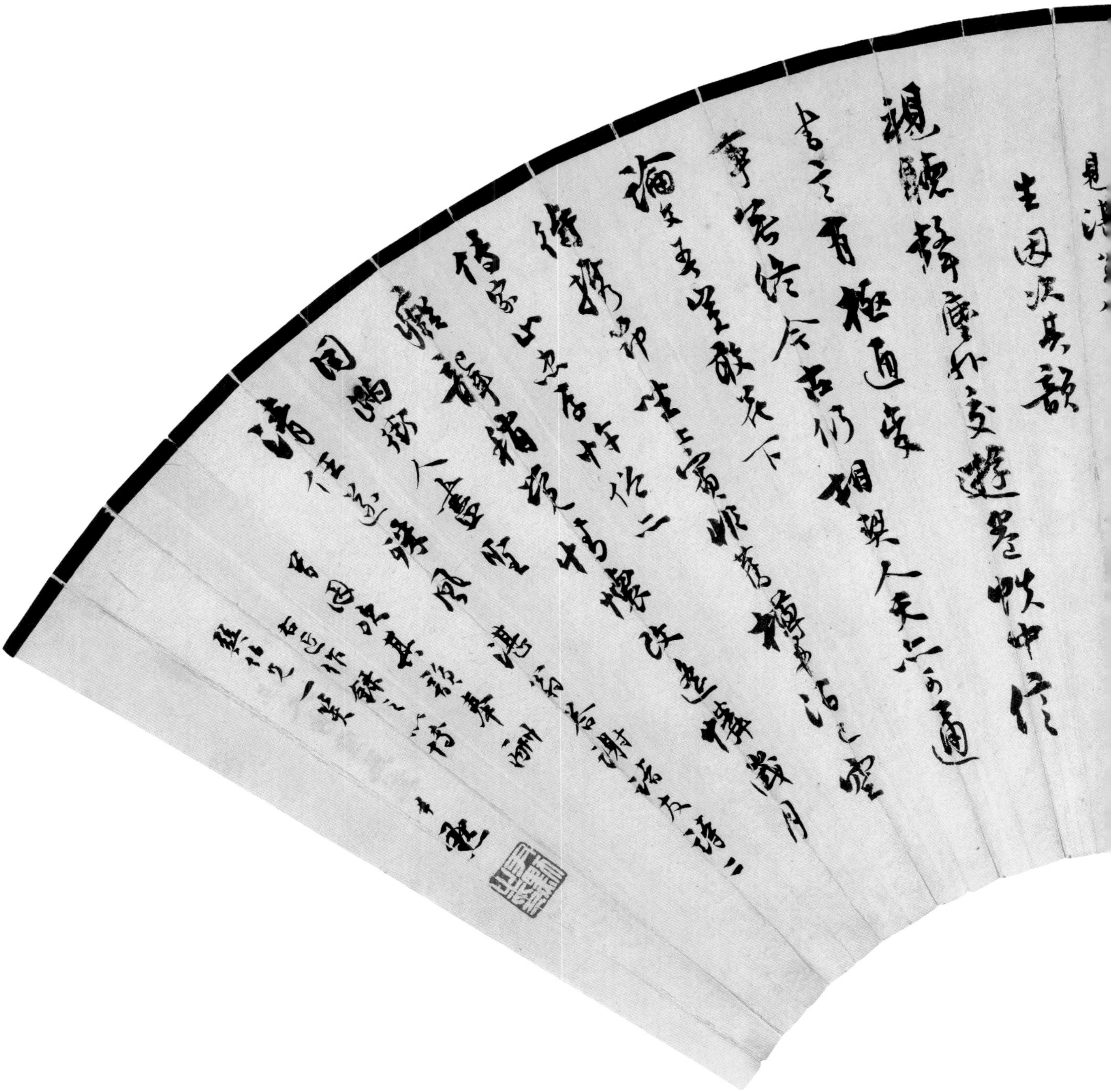

沈尹默書法扇面之二

（縱一八・七厘米　橫五二厘米）

楚望經時入窅冥，岳陽樓上數峰青。曾臨南極浮湘水，坐對西風憶洞庭。斑竹想從春後長，落梅猶向笛中聽。新詩吟罷愁多少，腸斷當年帝子靈。阮亭詩《和李退庵侍郎讀水經注懷洞庭之作》。

尹默

沈尹默、謝稚柳書畫合扇

（縱一四厘米　橫四三厘米）

柳暗花明春事深。小闌紅芍藥，已抽簪。雨餘風軟碎鳴禽，遲遲日，猶帶一分陰。往事莫沉吟，身閑時序好，且登臨。舊游無處不堪尋。無尋處，惟有少年心。

右章良能《小重山》。

蘆葉滿汀洲，寒沙帶淺流。二十年重過南樓。柳下繫船猶未穩，能幾日，又中秋。黃鶴斷磯頭，故人曾到否？舊江山渾是新愁。欲買桂花同載酒，終不似，少年游。

劉改之《唐多令》。

一春長費買花錢，日日醉湖邊。玉驄慣識西湖路，驕嘶過、沽酒樓前。紅杏香中簫鼓，綠楊影裏秋千。暖風十里麗人天，花壓鬢雲偏。畫船載取春歸去，餘情付、湖水湖烟。明日重扶殘醉，來尋陌上花鈿。

右俞國寶《風入松》。

戊子夏日爲權弟書，尹默

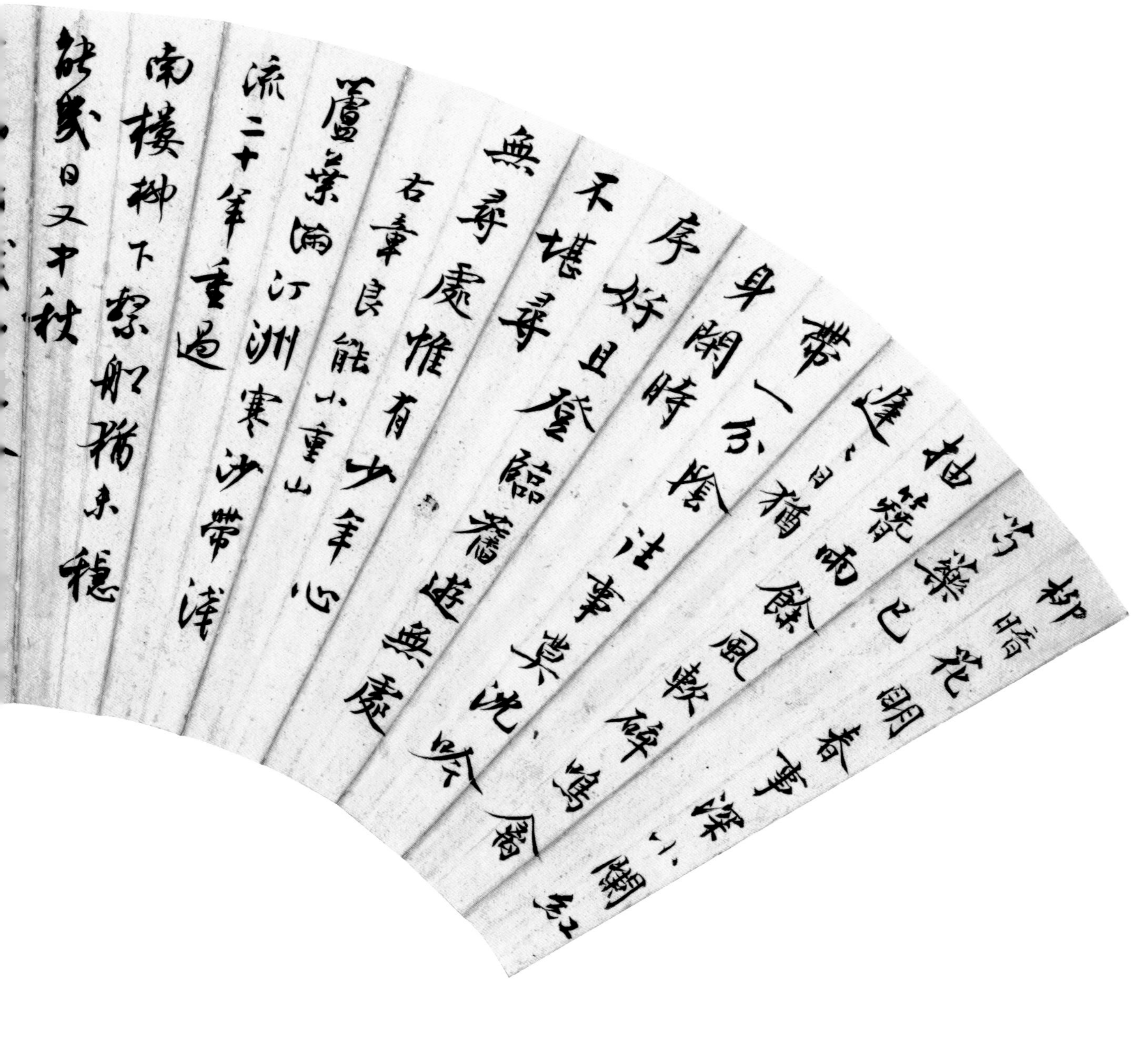

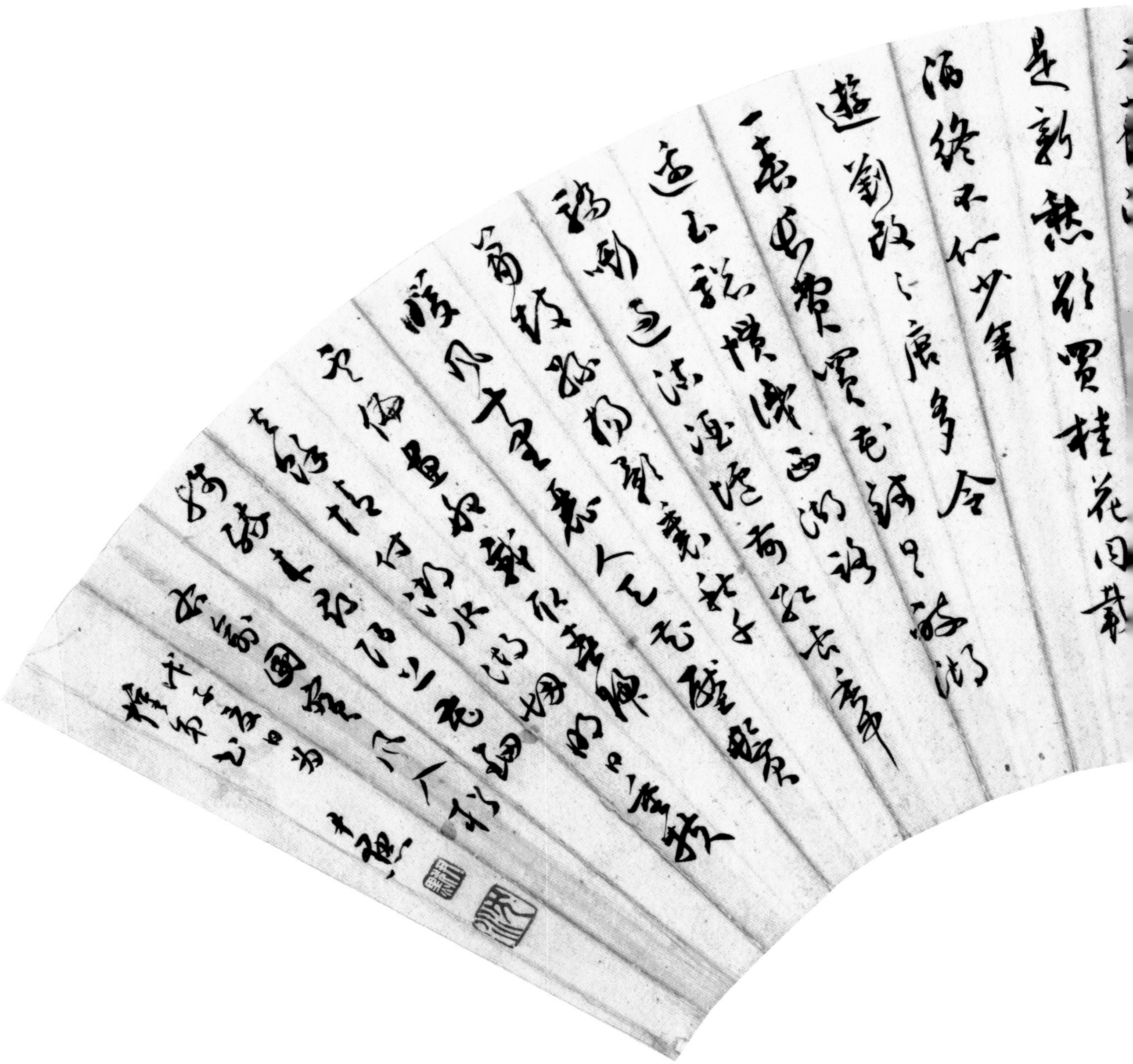

效元人萱蝶圖。保權沈夫人雅正。

戊子五月，謝稚柳